나는
미래를
꿈꾸며
가르친다

뉴욕 고등학교 교장의 삶과 교육 이야기

나는 미래를 꿈꾸며 가르친다

초 판 1쇄   2020년 05월 27일

지은이 이기동
펴낸이 류종렬

펴낸곳 미다스북스
총괄실장 명상완
책임편집 이다경
책임진행 박새연 김가영 신은서
본문교정 최은혜 강윤희 정은희 정필례

등록 2001년 3월 21일 제2001-000040호
주소 서울시 마포구 양화로 133 서교타워 711호
전화 02) 322-7802~3
팩스 02) 6007-1845
블로그 http://blog.naver.com/midasbooks
전자주소 midasbooks@hanmail.net
페이스북 https://www.facebook.com/midasbooks425

ISBN 978-89-6637-800-5 03810

값 15,000원

미다스북스는 다음세대에게 필요한 지혜와 교양을 생각합니다.

뉴욕 고등학교 교장의 삶과 교육 이야기

나는 미래를 꿈꾸며 가르친다

"I Touch the Future, I Teach"

이기동
(Keith Kitong Yi)

지음

미다스북스

작가의 말

Author's Note

    글을 쓰는 작업은 나에게 결코 쉬운 일은 아니다. 하지만 지금껏 살면서 영감을 준 개인적인 이야기들을 책으로 출간하고 싶은 마음은 항상 지니고 있었다. 34년의 교직생활에서 은퇴한 후, 뉴욕에서 제주로 2번이나 이주를 하고, 국제학교에서 일을 하면서, 마침내 책을 출간하게 되었다. 나의 본업이 작가가 아니라 정말 다행인 게, 책을 완성하는 데 거의 5년의 시간이 걸렸다. 이 책의 이야기들은 모두 나에게 특별한 의미가 있고, 부모, 남편, 아들, 형제, 친구와 교사로서 여러 모로 지금의 나를 만들어주었다.

    원문은 영어로 먼저 쓴 후, 한국 내 독자들을 위해 번역을 했다. 영어의 의미를 최대한 살리고 정확한 번역이 되도록 최선을 다했지만, 두 나라의 문화와 언어 차이로 의미가 잘못 전달될 수 있다. 나의 이야기를 충분히 이해하고 감상할 수 있도록 이 책의 영문판을 읽기를 권장한다. 문맥에 적절하도록 영어만, 혹은 영어와 한국어 번역이 함께 언급된 부분이 많이 있음을 양해해주기 바란다.

〈버킷리스트: 죽기 전에 꼭 하고 싶은 것들〉이라는 영화에는 불치병에 걸려 죽음을 앞둔 두 남자가 함께 여행을 떠난다. 피라미드 정상에서 삶의 의미에 대해 대화를 나누는 장면이 인상적이다. 이집트 신화에 보면, 천국의 문 앞에 신이 기다리고 있다가 들여보내기 전에 다음의 2가지 질문을 한다. 1) 인생의 기쁨을 찾았느냐? 2) 너의 인생이 다른 이들에게 기쁨을 주었느냐? 실존적인 이 질문은 인생의 마지막 순간에 대답해야 할 뿐 아니라 책을 쓰는 순간을 포함한 인생의 모든 기쁨을 경험해야 한다는 의미라고 절실히 느낀다.

가장 먼저, 책의 초안부터 조언과 번역까지 나와 함께 애써준 아내에게 특별한 감사를 표한다. 강수, 선아야, 초등학교의 첫 편지부터 이 책 에필로그 마지막 단어까지 끊임없이 격려해줘서 고맙다. 그리고 부모님에게 감사를 드린다. 내가 태어난 순간부터 지금까지 아낌없는 사랑과 전폭적인 지지를 해주신 부모님이 안 계셨다면 이 책은 출간되지 못했을 것이다. 마지막으로 교직 생활 내내 나에게 너무나 큰 기쁨과 행복을 가져다준 학생들과 교직원들, 특별히 벤자민 카도조, 덥스페리, 월터 패나스 고등학교와 NLCS 제주 학교에 감사를 전하고 싶다.

"내가 이 책을 쓰면서 좋았던 만큼, 독자들도 재미있게 읽었으면 좋겠다!"

Although writing has never been my strong suit, publishing a book with personal stories that have inspired me over the years has always been on my bucket list. Well, after thirty-four years working in schools, retirement, and moving from New York to Jeju (twice) to work at an international school, I have finally finished! To be honest, it took almost five years to write and complete the book - a good thing I do not make a living as a writer. The stories in this book all have a special meaning to me and in many ways have made me who I am as a father, husband, son, brother, friend, and teacher.

All essays in this book are originally written in English and then for Korean readers, it was translated. Due to differences in the culture and language of the two countries, although every effort was made to ensure accurate translation, I encourage readers to read the English version of the book to get a full understanding and appreciation of the author's stories. Many parts of the book, where appropriate, will only have English or both English and Korean translation.

In the movie, *The Bucket List*, there is a memorable scene where two terminally ill men on their road trip have a conversation about the meaning of life at the top of a pyramid drinking and chatting. A friend shares with his buddy a story about an Egyptian myth where the gods would be waiting at the gates of heaven to ask them two questions before allowing them to enter. 1) Have you found joy in your life? 2) Has your life brought joy to others? I truly feel that these two existential questions are not only asked at the end of our lives but also while we are experiencing all the joys at each and every moment.

First and foremost, special thanks to my wonderful wife, Monica. From reading the first draft to giving advice and to translating all the essays, she was as important to this book being completed as I was. Thank you to my two children, Ben and Jacqueline, for never-ending encouragement, from the first letter that I wrote to them while they were in elementary school to the final words in the epilogue of this book. Thank you, Mom and Dad. Without your unconditional love and support from the day I was born to now, this book never would have come to be. Finally, I would like to send a very special shout out to the students and colleagues that gave me so much joy and happiness over the course of my teaching career, especially to the following schools: Benjamin Cardozo High School, Dobbs Ferry High School, Walter Panas High School, and North London Collegiate School Jeju - thank you so much!

"I hope you enjoy reading this book as much as I have enjoyed writing it!"

프롤로그 : 한강에서 가져온 한 줌의 모래

Prologue : A Handful of Sand from Han River

1960년 한강 모래사장 모습

내 이야기를 한강에서부터 시작하려고 한다. 46년 전 일이라 다른 기억은
희미하지만, 1973년 9월 미국으로 떠나던 날 아침, 집에서 10분 거리의 강변
으로 걸어가던 기억은 아직도 생생하다. 1970년대는 한강에 콘크리트 자전

거 길과 산책로가 들어오기 전이었다. 여름에는 수영을 하고 겨울에는 꽁꽁 언 한강에서 스케이트를 타곤 했다. 믿기 힘들겠지만 바닷가에 가야 볼 수 있는 모래사장이 한강에 존재했다! 방과 후나 주말에 아이들이 모여 시간을 보내기 좋았다. 하지만 그날은 한강에 친구들과 놀러간 게 아니었다.

인터넷이 나오기 전인 1970년대 초에는 자신이 사는 작은 동네 밖의 세상은 알기조차 힘들었다. 하물며 미국이란 나라는 서부영화에서나 볼 수 있는 거대한 미지의 세계 그 자체였다. 그런 미국으로, 불과 몇 주 후에 온 가족이 이민을 간다는 말을 듣게 된 11살 아이의 기분을 상상해보라. 아버지가 그렇게 결정했다고 말씀하셨을 때 나와 형, 누나는 모두 충격에 빠졌다. 처음에는 받아들이기 힘들었고 차츰 정신이 들면서 하나둘 걱정거리가 떠올랐다.

'친구들은 다시 볼 수 있을까? 미국이란 나라는 어디에 있는 거야? 얼마나 멀리 있지? 비행기 타본 적도 없는데 무섭지 않을까? 영어 알파벳도 모르는데…' (1970년대에는 중학교 입학 전까지 영어가 의무교육이 아니었다.)

부산도 너무 멀다고 느끼던 어린 나에게 8,000km가 넘는 낯선 곳으로의 이민은 상상조차 할 수 없는 일이었다. 그 당시에 이민은 복잡하고 어려운 일이었다. 아시아에서 미국으로 이민을 가려면 하와이에서 서류심사를 하고 통과가 되어야 최종 목적지인 시애틀로 떠날 수 있었다. 20시간이 넘는 여정 내내 멀미로 고생한 기억밖에 나지 않을 정도였다.

고국을 떠난다는 충격에서 벗어나 정신을 차린 후 나는 어떤 이유인지 모르지만 한강변으로 향했다. 아마도 마지막으로 한강을 보고 싶다는 생각 때문이었을 것이다. 복잡한 내 심정과는 상관없는 듯 강가에는 평온한 기운이 가득했다. 나는 모래 한 줌을 퍼서 주머니에 담았다가 집에 오자마자 작은 병에 조심스레 옮겼다. 오랫동안 미국에서 수십 번 넘게 이사를 하다 보니 이민 갈 때 한국에서 가져온 내 물건은 다 없어져버렸다. 그러나 한강에서 퍼온 한 줌의 모래는 1973년 미국으로 가져온 물건 중 유일하게 남아 있는, 나의 소장품이다. 나는 이 모래를 아직도 버리지 않고 소중히 간직하고 있다. 내가 어디서 왔는지 기억하면서, 많은 우여곡절을 운명처럼 받아들이고 결코 포기하지 않으면서 앞으로 나아가기 위해.

제주와 뉴욕 사이 어디쯤에서, 이기동

"당신이 앉아 있는 동안에는
모래사장에 발자국을 남길 수 없다."
"You can't leave footprints in the sands of time
while sitting down."

– 넬슨 록펠러 (Nelson Rockefeller)

목 차
Contents

PART I
한국, 시애틀, 뉴욕

한국, 시애틀, 뉴욕

코스모폴리탄 교육

Cosmopolitan Education

오늘날, 한국의 많은 부모는 '세계시민(Global Citizen)'을 양성하기 위한 꿈을 좇으며 영어 교육에 많은 에너지를 쏟아붓고 있다. 그러면 세계시민이 된다는 것은 무엇을 의미할까? 영어를 유창하게 하고 국제무대에 진출해서 경력을 쌓는다는 것일까?

많은 교육자들이 학생들을 세계시민으로 양성하는 것의 중요성을 강조하기 오래전부터 철학자들 사이에서는 코스모폴리타니즘(Cosmopolitanism)이란 개념이 논의되어왔다. '코스모폴리탄'이라는 말은 그리스의 'kosmopolitēs'에서 비롯되었고, 윤리 및 사회 정

치 철학에서 광범위하게 사용되는 단어이다.

코스모폴리탄의 대표적인 인물로 비디오 아트의 창시자인 한국계 미국인 예술가 백남준을 들 수 있다. 그는 서울에서 태어나 홍콩과 일본에서 청소년기를 보냈다. 클래식 피아니스트가 되기 위해 유학길에 올랐지만, 독일에서 새로운 예술 형태 시도를 위해 다른 예술 매체와 학문을 실험하기 시작했다. 그 후 뉴욕으로 이주했고 구겐하임 미술관에서 열린 전시회에서 다음과 같은 평가를 받았다.

"비디오와 텔레비전의 예술적 잠재력을 상상하고 깨닫는 데 백남준보다 더 위대한 영향을 끼친 예술가는 여태껏 없었다."

그의 명성이 한창일 때 그가 한국을 방문해서 했던 말이 기억에 남는다. 한 기자가 공항에서 그를 한국인 예술가로 소개하자, 그는 자신을 '코스모폴리탄 예술가'라고 정정했다.

최근 아카데미 시상식에서 92년 만에 외국영화로는 최초로 작품상을 수상한 영화 〈기생충〉도 코스모폴리탄을 보여주는 또 다른 예이다. 봉준호 감독은 수상 소감으로 "1인치의 자막이라는 장벽을 뛰어넘으면 더 많은 영화를 즐길 수 있을 것이다."라며 "영화는 우리 모두를 이해하게 하는 하나의 언어이며 우리는 서로 그렇게 다르지 않다."라고 말했다.

그는 코스모폴리탄의 진정한 의미를 시사하고 있다. 코스모폴리탄은 언어, 국적, 문화를 초월하는 개념으로, 범인류적 가치를 추구하고 세계인의 감수성을 지니며 살아간다면 전 세계 어느 곳에 있든지 누구나 코스모폴리탄이 될 수 있다.

심리학에 '레밍 효과(Lemming Effect)'라는 개념이 있다. 레밍은 노르웨이에 서식하는 작은 쥐의 일종으로, 한 마리가 달리기 시작하면 모두 따라서 달리기 시작한다. 그리고 막다른 절벽에서 뛰어내린다. 레밍이라는 쥐떼의 집단자살이다. 이 개념은 목표나 목적의식 없이 맹목적으로 따라가는 대중을 비유하는 데 쓰인다.

일부 심리학자들은 '레밍 효과'가 대부분의 사람의 선천적인 심리 현상이며 적자생존의 특성과 본능이라고 주장한다. 이러한 쏠림 현상은 쉽게 찾아볼 수 있다. 영화 한 편이 어떤 이유에서인지 1,000만 관객을 돌파할 것이라는 언론보도가 나가면 그 영화를 볼 마음이 없었던 사람들도 왠지 봐야 될 것 같은 마음에 사로잡힌다. 패션이나 맛집 순례도 마찬가지다.

레밍 효과는 특히 한국 교육계에 두드러지게 나타난다. 한국의 공교육은 정부의 새로운 방침이나 매년 바뀌는 대학 입시 정책으로 혼란 상태이다. 난파선을 타고 항해하는 느낌이라고 말하는 사람도 있다. 아이들에게 마법의 공식을 찾아준다는 희망으로 부모들은 사교육장으로 몰려든다. 많은 컨설턴트와 학원은 허황된 약속으로 부모들을 레밍처럼 몰고 간다. 슬픈 현실이다.

밤 10시경 대치동 학원가를 둘러본 적이 있다. '최고'의 학원들이 밀집해 있는 거리에는 학원에서 쏟아져 나오는 자녀를 태우기 위한 차량들이 길게 줄지어 대기하고 있었다. 자정이 가까워진 시간에도 일부 학생은 또 다른 과외수업을 받으러 집이 아닌 어딘가로 향한다는 말까지 들었다.

한국 사회에서는 아파트 평수와 출신 학교로 개인을 평가한다고 한다. 매우 안타까운 일이다. 그러나 한국 사회와 교육에 근본적인 변화가 일어나지 않는 한, 그런 현상은 계속될 것이고, 그렇다면 세계시민을 육성하고자 하는 학교들의 목표는 단지 희망사항으로 그치게 될 것이다.

이민 1.5세대 교육자로서, 내가 생각하는 '코스모폴리탄 교육'의 핵심은 영어공부가 아니라 정체성을 찾아가는 과정에 있다. 46년 전 이민생활 초기에는 영어를 터득하고 생활기반을 다지기 위해 고군분투했다. 그리고 그 후에는 고국에 대한 그리움을 견디며 나의 정체성을 찾기 위해 수많은 도전을 했다. 양쪽의 문화를 수용하면서 한국계 미국인이라는 나의 정체성을 인지하고서야 마음에 평화가 찾아왔다. 교육자로서 소명을 가지고 그 안에서 삶의 의미와 목적의식을 찾은 것은 그 후의 일이었다.

미국과 한국, 다른 두 문화권을 경험하면서, 나는 항상 다문화주의와 국제적 사고방식의 중요성을 인지하며 강조했다. 이 교육철학이 바로 현 한국 교육계에서 도입하고자 하는 IB 프로그램의 근본이다.

2005년에 IB 교육의 선구자인 뉴욕의 덥스페리(Dobbs Ferry) 고등학교 교장으로 부임하면서 이에 대한 나의 신념은 더 확고해졌다. IB는 '국제 학력 평가 시험(International Baccalaureate)'의 약자로 대학을 진학하려는 고교생들이 대학 교육을 받을 만한 자격과 능력이 있음을 인증하는, 특수한 2년 교육과정이다.

토마스 프리드먼(Thomas Friedman)의 『세계는 평평하다(The World Is Flat)』라는 책이 그해 〈뉴욕타임스〉가 선정한 베스트셀러 목록에 올랐다. 저자는 과학기술과 지구경제가 우리가 인지하는 것보다 훨씬 빠른 속도로 삶을 변화시키는 것에 대해 서술했다. 과거에 존재하지 않던 방식에 적응하기 위해, 산업구조와 인류의 급속도의 변화가 불가피했음을 강조하고 있다. 따라서 교육을 바라보는 안목과 설계도 달라져야만 한다.

나는 항상 사람들의 정치성향이나 사회적인 위치와 상관없이 모든 인간은 하나의 세계 공동체에 속한다는 생각을 지지한다. 이러한 사고방식이 모든 학교에 뿌리를 내리고 실행되어야 한다고 믿는다. 2020년, 더 '평등한' 세상에 직면하게 될 차세대 젊은이들을 위해 세계시민의식을 가진 보편적 지역공동체를 긍정적으로 육성시켜야 한다.

지난 30여 년간 교육자로서 인격이 형성되는 유치부부터 대학입시를 고민하며 성인의 문턱에 서 있는 고등학생까지 다양한 아이와 함께 생활해왔다. 언어나 나이 차이가 있고 교육체제가 상이할 뿐, 다른 세상에서의 체험도 내 이야기 속에서는 결코 독자적으로 분리될 수 없다. 내가 거쳐온 모든 학교와 함께 울고 웃었던 모든 학생과의 만남은 나에겐 운명이었다. 이것이 내 이야기이다.

02

내 삶을 바꾼 소중한 선생님들

My Favorite Teachers

당신에게 영감을 주고 삶에 영향을 끼쳤던 선생님이 있는가? 만약 그렇다면, 당신은 운이 좋은 사람이다. 누군가 당신의 삶에 관여한 것에 감사하라. 평생 나에게 긍정적인 영향을 주었던 여러 스승에게 너무나 감사하고 있다.

미국으로 이민 가기 전 한국에서 가장 좋았던, 아주 오래된 기억이 떠오른다. 용산 한강초등학교 5학년 때였다. 내가 서울청소년합창단에 합격했다는 소식이 알려지자 당시 담임 선생님은 나를 친아들처럼 껴안고 번쩍 들어올렸다. 나는 그날을 지금도 생생히 기억하고 있다. 그 선생님이 가장 좋아하는 과목은 음악이었다. 존경하는 유명 작곡가들에 대한 이야기와 선생님의 실현하지 못한 오랜 꿈에 대한 이야기를 들려주셨다. 선생님은 성악가가되고 싶었다고 하셨는데, 그것이 내가 합창단원이 될 수 있도록 오디션을 도와주신 이유가 아닐까 싶다.

선생님이 선택해주신 곡은 11살 학생이 부르기 쉽지 않은 〈봉선화〉라는 노래였다. 선생님은 일본의 점령과 억압으로 인한 한국인의 슬픔과 고통을 표현한 그 곡의 배경을 알려주셨다. 마지막으로 선생님을 본 지 40년이 넘었지만, 이 노래가 주는 의미를 열정적으로 묘사하시던 모습은 눈에 선하다. 아마 그때는 깨닫지 못했던 감정이 마음 한구석에 남아 한국인이라는 정체성을 가지고 자라게 된 것 같다.

당시 선생님의 음악에 대한 열정과 더불어 제자가 잘되기를 바라는 진심이 나의 진로 결정에 큰 역할을 했다고 본다. 교사의 가장 보람된 역할 중 하나는 학생들에게 자신감을 심어주는 것이고 선생님은 확실히 그 역할에 충실했다. 나는 그 선생님께 큰 사랑을 받았고 그 사랑을 후세대와 조금씩 나누고 있다.

브라운 선생님의 5학년 학급(1973)

내가 미국에 도착해서 만난 첫 번째 선생님은 브라운(Mrs. Brown) 선생님이었다. 그는 '절대 포기하지 말라(Never ever give up)'는 태도를 강조하면서, 다양한 배경을 가진 사람들이 함께 모여 훌륭한 학습 공동체를 만들 수 있는 본보기를 보여주신 아프리카계 미국인 교사였다.

당시 미국에는 '제2언어로서의 영어(ESL: English as a Second Language)'라는 개념이 없었다. 브라운 선생님은 알파벳부터 시작해서 'book', 'teacher', 'student' 같은 단어들을 가르쳐주셨다. 그리고 단어를 몇 개씩 붙여서 'How are you?', 'My name is …', 'May I help you?'와 같이 문장을 만드는 법을 보여주셨다.

과외 수당을 받는 것도 아닌데, 학교 시작 전과 방과 후에 끊임없이 지도해주신 덕분에 6개월 후 내 영어 실력은 문장과 구절을 만들 정도의 수준이 되었다. 이는 언어 습득을 할 때 완전히 몰입하는 교육 방식이 얼마나 강력하고 효과적인지를 잘 보여준다.

어느 날 브라운 선생님은 나의 첫 영어책으로 마틴 루터 킹 박사(Dr. Martin Luther King)의 전기를 선물해주셨다. 당시에는 그 사람이 누구인지 전혀 몰랐다. 그가 암살된 지 몇 년밖에 지나지 않은 때였는데, 미국 전역으로 확산되고 있는 시민 인권 운동도 영어가 서툰 나에게는 관심 밖의 사안이었다.

왜 그런 어려운 책을 어린 내게 주셨을까? 킹 박사의 삶을 통해 나에게 평등, 정의, 인격의 중요성을 알려주시려고 한 것일까? 아마 미국 이민생활을 하며 아시안계 소수민족으로 겪게 될 불평등한 일들에 대해 방관하지 말라는 메시지였을지도 모른다.

> "나는 나의 자녀들이 피부색이 아니라 인격에 따라 평가받는 그런 나라에 살게 되는 날이 오리라는 꿈을 가지고 있습니다."
> "I have a dream that my four little children will one day live in a nation where they will not be judged by the color of their skin, but by the content of their character."
> – 마틴 루터 킹 박사의 연설
> '나에게는 꿈이 있습니다(I Have a Dream)'(1963) 중에서

세월이 한참 지나서야 나는 킹 박사의 가르침을 조금이나마 이해할 수 있었다. 장애물로 가득한 세상에서 적극적이면서 비폭력적으로 대응하는 그

의 리더십에 깊은 감명을 받았다. 브라운 선생님이 건네준 책의 의미를 완전히 이해하기까지는 몇 해가 더 걸렸고, 마틴 루터 킹은 나의 영웅이 되었다.

나에게 알파벳부터 가르쳐주시고 한국계 미국인으로서의 새로운 삶을 순조

롭게 시작하도록 도와주시며 중요한 삶의 교훈을 깨닫게 해주신 브라운 선생님에게 항상 감사하다.

다음으로 내 경력에 가장 직접적인 영향을 끼친 스승은 모트 로겐(Mort Roggen) 선생님이다. 당시 뉴욕주 베이사이드에 있는 벤자민 카도조(Benjamin Cardozo) 고등학교 학과장이었는데, 나를 인터뷰하고 생물교사로 채용한 직속상관이었다. 그 후 그는 나의 평생 친구이자 스승이 되었다. 그는 과학 연구에 대한 열정과 더불어 업무에 관련된 실질적인 것을 많이 가르쳐주었고, 훗날 나는 여러 학교에서 그 가르침을 적용했다.

그의 업무 성과에 대한 냉혹한 조언과 아낌없는 보살핌 덕분에, 나는 교직생활을 하면서 두 번째 석사학위를 위해 교육행정학을 공부하기로 결심했다. 방과 후 곧바로 뉴욕 대학까지 지하철을 타고 가면 저녁 수업을 들을 수 있었다. 로겐 선생님의 끊임없는 격려가 없었다면, 내가 그 프로그램을 2년 안에 마치는 것은 불가능했을 것이다.

공부를 마치고 학교 행정관이 되기 위한 자격증을 취득하면서, 나는 뉴욕시 학군에 입사 지원서를 내기 시작했다. 몇 번의 시도 끝에 뉴욕시 윌리엄 브라이언트 고등학교의 과학부 교감으로 임용되었다. 당시 나이 31살로 뉴욕시에서 최연소 교감이었다. 로겐 선생님에게 이 소식을 알리자 그는 나를 꼭 안아주면서 기쁨을 감추지 못했다. 오래전 〈봉선화〉 노래를 가르쳐주신 선생님이 떠올랐다. 로겐 선생님은 70대까지 교직에 남아서 많은 교사들의 귀감이 되었고, 나는 교직에 대한 그의 열정을 소중히 여기며 존중한다.

만난 적은 없지만 내 인생에서 중요한 역할을 한 선생님이 한 분 더 있다. 내 교육철학의 일부는 미국 역사상 가장 비극적인 사건 중 하나로 세상을 떠난 크리스타 매콜리프(Christa McAuliffe)로부터 비롯되었다.

1986년 1월 28일, 승무원 7명을 태운 우주왕복선 챌린저호는 이륙한 지 73초 만에 폭발했다. 그 당시 나는 뉴욕의 사우샘프턴(Southampton)에 있는 롱아일랜드대학에 재학 중이었다. 특수교육학 석사과정 중이었는데, 크리스타 매콜리프와 같은 교사가 되고 싶었기에 이분이 탑승한 우주선 발사 과정을 생방송으로 시청하고 있었다. 우주선 폭발 사고 순간을 눈으로 보면서도 믿을 수 없었다. 그때 우리는 20세기의 가장 영향력 있는 교사 중 한 명을 잃었다.

크리스타 매콜리프는 우주탐험을 위해 최초로 선정된 시민이었으며 '최초의 우주비행사가 된 교사(teacher in space)'였기에, 전 세계 아이들에게 꿈과 희망을 심어주었다. 내가 그분을 존경하게 된 다른 이유는 아마도 대학 신입생 때 우주로 가는 최초 한국인이 될 가능성을 품고 항공우주공학을 전공하고자 생각했기 때문인 것 같다. 하지만 그 꿈은 실현되지 못했다.

"나는 미래를 꿈꾸며 가르친다 (I touch the future, I teach)."

크리스타 매콜리프의 이 유명한 구절을 듣고 나는 교사가 되고 싶다고 생각했다. 단순한 문장 안에 그분이 왜 가르치고자 하는지가 충분히 담겨 있었다.

어떤 사람들은 교사들이 그 직업을 택하는 이유가 안정된 보수나 긴 방학 때문이라고 하지만, 교사의 본질은 아이들에게 삶의 방향을 제시해주고 후세대를 위한 변화를 일으키는 임무, 사명감에 있다고 생각한다. 제자의 성취를 자신의 일처럼 뿌듯해하는 나의 좋은 선생님들처럼, 학생들이 큰 꿈을 지닐 수 있게 도와주는 크리스타 매콜리프 같은 교사가 되고 싶었다.

"좋은 스승은
자신을 녹여 다른 이들의 길을 밝히는
촛불과 같다."
"A good teacher is like a candle,
it consumes itself to light the way for others."

- 무스타파 케말 아타튀르크 (Mustafa Kemal Atatürk)

03

나를 왕따에서 구해준 이소룡

How Bruce Lee Saved Me

1970년대 초반, 태권도를 배우면서 자라난 많은 청소년들이 그랬듯 나의 우상은 이소룡(Bruce Lee)이었다. 그 당시 시애틀에는 동양인이 별로 없었는데, 학교에서 인종 차별과 왕따를 극복하는 데 만나본 적도 없는 이소룡이 큰 역할을 했다.

1950~1960년대의 미국의 시민운동은 흑인들이 미국 내에서 동등한 권리를 얻고자 하는 인권 투쟁이었다. 1973년 우리 가족이 미국으로 갔을 때는, 많은 동양인들이 인종 차별의 대상이었다. 쌍둥이 누나와 내가 학교의 유일한 아시아인이었지만, 운이 좋게 이소룡과 같은 성을 가지고 있었다!

우리 가족이 시애틀에 도착하기 몇 달 전, 이소룡이 주연을 맡은 영화 〈용쟁호투(Enter the Dragon)〉가 개봉되었다(1973년 7월). 불행히도 그는 영화 개봉 3주를 남겨두고 세상을 떠났지만, 이 영화로 큰 명성을 떨치게 되었다.

이소룡은 일반 대중, 특히 무술을 좋아하는 소년들 사이에 널리 알려졌다. 같은 반에 제임스라는 흑인 학생이 있었다. 제임스와 나는 무술을 좋아한다는 공통점이 있어서, 방과 후에 함께 쌍절곤을 연습하면서 친해졌다.

홍콩에 있는 이소룡 박물관에서 찍은 사진

당시 나는 학교의 백인 학생들에게 왕따와 괴롭힘의 대상이었는데, 어느 날 갑자기 모든 것이 중단되었다. 나중에 안 사실인데 학생들 사이에 나와 이소룡이 먼 친척이라는 소문이 돌았다고 한다. 이소룡이 시애틀에 거주한 적이 있어서 사후에 시신을 이곳에 안장했다는 사실 때문에, 일부 학생은 소문을 정말로 믿었던 것 같다. 내 태권도 실력은 초보 단계였지만, 태권도

장에 다녔다는 사실도 다른 아이들의 괴롭힘을 막는 데 일조했다.

　나의 경우 다행히도 괴롭힘에 대한 경험이 길게 가지 않았지만, 모든 학생
이 나처럼 운이 좋은 것은 아니다. 학교 내의 괴롭힘 문제는 예나 지금이나,
미국이나 한국을 막론하고 심각한 수준이다. 뉴욕에 근무할 때, 학교가 직
면하는 주요 이슈들 중 하나로 항상 이 문제는 빠지지 않았다.
　자녀가 학교에서 괴롭힘을 당하는 상황을 인지하지 못한 부모는 학교가
제 역할을 다하지 못한 것이라고 생각한다. 학교에서 발생할 수 있는 모든
가능성에 대해 부모에게 알려 경각심을 주고, 학부모와 협력하여 학생들이
신뢰할 수 있는 환경을 만들며, 어떤 형태의 괴롭힘도 안전하게 보고할 수
있는 시스템을 구축해야 한다.

　지난 20여 년간 미국에서 학교 폭력으로 수많은 학생이 희생되었고 학생
과 학부모와 교사들 사이에 다음과 같은 말이 퍼지고 있다.

　"뭔가 보이면 말을 해요(If you see something, say something)."

　누군가 피해를 당하는 상황을 방관하지만 말고 자발적으로 보고하면, 학
생들 스스로 학교에서의 괴롭힘을 줄이는 데 매우 중대한 역할을 할 수 있
다. 물론 불행한 상황이 일어나지 않도록 예방하는 것이 가장 좋은 방법이

지만, 우리 모두 경계심을 늦추지 말고 괴롭힘의 징후가 보이면 언제든지 보고할 책임의식을 강화해야겠다.

진정한 친구는 괴롭힘을 당하는 친구를 보고만 있지 않는다. 나는 지금까지 내가 이소룡의 먼 친척이라는 소문을 퍼뜨린 친구를 고맙게 생각하고 있다. 11살에 알파벳부터 배우며 미국 생활에 적응하느라 힘들었던 내가 학교에서의 차별과 괴롭힘까지 견디기는 쉽지 않았기 때문이다. 제임스 같은 친구가 없었다면 아마 학교를 계속 다니지 못했을지도 모른다. 우리 모두 그러한 친구가 될 수 있으며, 이런 친구들이 많아질수록 학교 폭력은 설 자리가 없어질 것이다.

"누군가의 구름 속에

무지개가 되어보세요"

"Try to be a rainbow in someone's cloud."

– 마야 안젤루 (Maya Angelou)

04

자아 정체성을 찾게 해준 모국 방문

Trip to Motherland

아리스토텔레스는 "너 자신을 아는 것이 모든 지혜의 시작이다(Knowing yourself is the beginning of all wisdom)."라고 말했지만, 나는 미국에 이민을 가 청소년기를 보내면서도 정체성에 대해 심각하게 생각하지 않았다. 나 자신을 한국인이라기보다 미국인이라고 자연스럽게 여기기 시작했다. 집 안에서 부모님과 형에게는 반드시 한국말을 해야 했지만, 한국인 친구들과 함께 있을 때는 영어로 대화했다. 모국에 대한 관심이 서서히 사라져가고 있었다. 그러나 1980년 여름 고등학교 졸업 후 한국을 방문하면서 모든 것이 바뀌었다.

인천공항이 생기기 전이라 모든 국제선이 김포에 도착했다. 부모님 댁까지 가던 중, 창밖을 보다가 갑자기 이상한 느낌이 들었다. 가장 먼저 눈에 띄는 것은 거리마다 사람들이 가득 차 있다는 점이었다. (미국에서는 특별한 행사가 아니면 보기 드문 광경이었다.) 그리고 길을 걷는 많은 사람들의 머리색과 피부색이 (마치 모두 형제자매인 것처럼) 비슷해 보이는 게 아닌가. 그들은 모두 나와 같은 한국 사람이었다!

한국에서 평생 살아온 사람들에게는 좀 이상하게 들리겠지만, 외국에 (그것도 온갖 인종이 모여 있는 미국에) 잠시만 살다 와도 내가 느낀 것이 무엇인지 짐작할 수 있을 것이다. 갑자기 소속감을 느끼면서, 나와 부모님, 조부모님이 태어난 곳, 그리고 내가 어린 시절을 보낸 모국의 땅에 와 있다는 게 실감이 났다.

그해 여름, 한국에 머물면서 운 좋게 초등학교 친구들을 만났다. 나는 대학교 입학을 앞두고 있었고, 그 친구들은 벌써 대학 신입생이었다. 1980년대 초, 서울 거리는 정치적 불안과 학생 시위로 떠들썩했지만, 한국의 풍부한 역사와 전통문화를 체험할 수 있었다. 그 후 매년 한국을 방문할 때마다, 언젠가 기회가 되면 돌아와서 살고 싶다는 생각이 들었다. 그런 경험이 없었다면, 나는 조국에 대한 깊은 애정을 갖고 있는 '한국계 미국인'이 아닌 그저 한 명의 '미국인'으로 살아갔을 것이다.

뉴욕에서 '뿌리교육재단(KAYAC, 한국계 미국인 청년지원연합)'과 인연을 맺은 것도 그때의 모국방문 경험에서 시작된 것일지도 모른다. 뿌리교육재단은 20년 전에 뉴욕에서 창립된 비영리단체인데, 매년 여름 한인 2세들을 위한 모국 방문 프로그램을 진행하고 있다. 많은 자원봉사자들이 현재까지 1,000명이 넘는 한인청소년들이 정체성과 모국에 대한 자긍심을 가질 수 있도록 물심양면으로 애썼고, 2009년부터 고려대학교와 협력해서 미래 인재육성이라는 비전을 향해 공동 사업을 추진하고 있다.

몇 년 전, 이 단체의 연례 포럼에서 기조연설을 하게 되었다. 첫 모국방문을 통해 정체성을 찾은 나의 경험을 전하면서, 모국을 처음 방문하는 한인 청소년들이 정체성을 찾는 기회가 되기를 바랐다. 10대 회장을 맡은 조진행 회장은 다음과 같이 말했다.

"뿌리교육재단은 한인 2세 청소년들의 정체성 확립과 지도력 개발을 지원해서 그들을 지역사회에 긍정적으로 기여하는 인재로 양성하는 데 목표를 두고 있습니다."

한국에 있는 청소년들에게 정체성 확립은 우선순위가 아닐 수도 있다. 하지만 자신이 누구인지, 어디서 왔는지는 한인 2세들에게만 국한된 문제는 아니다. 자신의 문화와 유산을 자랑스럽게 여기고 확고한 자아 정체성을 확립하는 것으로부터 미래 인재 육성이 시작된다고 본다.

"우리는 각자 스스로의 자아를 지녀야 한다.

남들의 의견이 자신에 대한 생각을 결정하게 할 수는 없다.

정체성과 자아 정체성은 다르다."

"You have to be your own person.

You can't let people's opinions determine

how you think about yourself.

There's a difference between identity and self–identity."

– 에이미 탄 (Amy Tan)

05

아버지에게 물려받은 도전 정신

My Dad, Risk-Taker

더 나은 삶을 추구하고자 미국에 간 수백만의 이민자처럼, 나의 아버지는 한국의 모든 것을 뒤로하고 낯선 환경의 위험을 감수했다. 그리고 내 삶을 돌아보면, 나는 아버지로부터 그 유전자를 물려받은 것 같다. 국제 바칼로레아(IB) 프로그램의 학습자상(Learner Profile) 중 하나는 '리스크-테이커(risk-taker)'이다. '불확실성을 예상해서 결단력 있게 접근하며 실패와 위험을 감수하면서 끊임없이 도전과 변화에 직면하는 사람'을 일컫는다. 나의 아버지뿐만 아니라 미국이나 다른 지역으로 이민을 간 많은 부모님은 이런 특성이 있었던 것 같다. 정든 모국을 떠나 외국 땅에 정착하기 위해서는 어느 정도 위험부담을 예상하고 감수해야 하기 때문이다.

아버지가 온 가족을 이끌고 미국에 갔을 때와는 비교할 수 없지만, 내 인생에도 비슷한 변화가 있었다. 나는 학창시절 대부분을 보낸 시애틀을 떠나기로 결정했다. 가족과 친구들이 주는 안락함을 뒤로하고 1985년 뉴욕시

라구아디아 공항에 도착했다. 특별히 가려고 정해놓은 곳은 없었다. 뉴욕에 아는 사람이 아무도 없었고 어디로 가야 할지 몰라서 이틀 동안 공항에서 먹고 자면서 지냈다. 이런 결정을 하게 된 계기를 설명하려면 그 당시 시점에서 몇 달 전 이야기로 거슬러 올라간다.

나는 한때 의사라는 직업을 신중하게 고려해본 적이 있다. 슈바이처 박사가 아프리카로 가서 의료봉사를 한 것처럼, 의료시설이 없는 곳을 찾아다니며 인명을 구하는 의사가 되고 싶었다. 그런데 그 희망이 너무 이상적이고 비현실적이었나 보다. 나는 그 목표를 위해 미생물학을 전공으로 대학을 졸업했다. 그리고 한국으로 돌아가기 위해 연세대 의과대학에 지원을 했다. 필기시험에 합격하고 마지막 입학 절차로 신체검사 통보를 받았다. 22살의 건강한 청년이었기에 '아무 문제없어, 이제 된 거야.'라고 속으로 생각했다.

나의 아버지, 이문세(1986)

하지만 결과는 아니었다. 어렸을 때 빨강색과 초록색을 잘 구분하지 못한 것을 알고는 있었지만, 그때 처음으로 내가 색맹이라는 사실을 알게 되었다. 이것이 의과대학의 불합격 사유가 된다는 것도 몰랐다. 미국에서는 색맹으로 의과대학 입학을 거부당하면 바로 법정 소송에 들어갈 수도 있지만 한국에선 한국 법을 따를 수밖에 없었다.

나는 망연자실해서 시애틀로 돌아왔고 그 후 3~4개월은 실망과 좌절에 빠져 밤낮으로 술을 마시며 허송세월했다. 그때가 아마 내 인생에서 가장 힘들던 시기였던 것 같다. 하지만 정신을 차리고 이곳을 떠나야 한다는 절실함을 느꼈다. 앞으로 어떻게 살고 싶은지 확실한 계획도 없이 비참한 상황에서 일단 벗어나야 새 출발을 할 수 있다고 생각했다. 그것이 몇 달간의 방황과 고민 끝에 내린 무모한 해결책, 아니 회피였을 수도 있다.

대학 시절에 아르바이트를 하면서 모아두었던 돈으로 뉴욕행 편도 티켓을 살 수 있었다. 프랭크 시나트라(Frank Sinatra)의 명곡 〈New York, New York〉에 이런 가사가 나온다.

"뉴욕에서 할 수 있다면 어느 곳에서든 할 수 있어(If you can make it there, you can make it anywhere)."

이 말을 듣고 뉴욕에 간 건 아니었다. 당시 캘리포니아에 결혼한 형이 살고 있었는데도 나는 아는 사람이 없어 도움을 받을 곳이 전혀 없는, 미국에서 가장 큰 도시인 뉴욕을 선택했다.

시애틀에서 가져온 300달러는 며칠도 안 가서 바닥이 났다. 미생물학 전공으로 대학을 졸업했지만 제대로 된 직업을 구하는 것은 매우 어려웠다. 급한 대로 맥도날드에서 햄버거 굽는 일부터 시작했다. 그 후에는 램프 공장, 잡지 판매, 호텔 화장실 청소 등 닥치는 대로 일했다.

교사가 되겠다는 목표를 세우고 학교에 돌아가기로 결정하는 데 4~5개월이 걸렸다. 1970~1980년대 많은 미국 이민자들의 자녀들은 사업·금융, 공학, 법률, 치과, 의학 분야로 진로를 선택했다. 그래서 내가 선택한 직업은 그 당시 한인들에게 의외로 보였을 것이다. 한국처럼 선생님이 존경받는 직종도 아니고 보수가 넉넉하지도 않았기 때문이다. 하지만 지금 돌아보면 의심할 여지없이 멋진 여정이었다. 그 '독특한' 길은 나를 최초의 한국인 생물 선생님, 그 후 뉴욕의 고등학교 교장이 되도록 이끌어주었기 때문이다.

어떤 의미에서 보면 의대에 입학하지 못한 것은 나의 운명이 아니었을까? 내가 의대에 진학했다면 뉴욕으로 가서 교사가 되지 않았을 것이고, 뉴욕에서 아내를 만나지도 못했을 것이며, 나의 아이들도 태어나지 못했을 것이다. 그리고 지난 34년 동안 수천 명의 학생을 만날 기회도 없었을 것이다.

나는 요즘 부모들이 때때로 아이들을 과보호한다고 생각한다. 많은 부모가 아이들을 인생의 위기로부터 보호하기 위한 의도를 가지고 '충격보호장치(bubble wrap)'를 둔다. 물론 아이들이 자라면서 노출되는 위험이 많기 때문에 부분적으로 보호가 필요하다는 데는 동의한다. 하지만 부모가 과잉보호하면, 아이들은 자신감을 키우고 적응력을 고취시키는 경험을 얻지 못하게 되고 실제로 그것은 아이들에게 해를 끼친다. 얼마 전에 보았던 영화의 한 대사가 기억에 남는다.

"좋은 인생이란 무엇일까? 쾌락과 편안함을 추구하는 삶? 아니면 위험을 무릅쓰고 위대한 일을 성취하는 기회를 추구하는 삶?"

나에게 후회되는 일이 없는지 물으면, 나는 주저하지 않고 말한다. 내가 하고 싶은 일을 하며 살아왔기에 한 치의 후회도 없다고. 교사가 되어 의미 있고 보람된 일을 하고 있다는 사실은 나를 행복하게 한다. 또한 젊은이들에게 꿈과 희망을 전해줄 수 있어서 감사하다.

"아이들이 도전으로 가득한 삶 속에서
흥미와 성취감을 느낄 수 있게 해주자."
"Allow children to live a life
filled with enough risk
to make their lives exciting and fulfilling."

06

학생들과의 첫 만남, 벤자민 카도조 고등학교

Benjamin Cardozo High School

벤자민 카도조 고등학교는 내가 교직을 시작한 뉴욕 베이사이드에 있는 공립학교이다. 아마도 미국 전역에 걸쳐 스승의 날 행사를 개최한 첫 학교일 것이다. 지금은 한인학생들이 많이 거주하는 학군이면 뉴욕 어디서나 이 날을 기념하고 있다. 한국에서는 통상적이지만 미국에서는 보기 힘든 수학 여행을 다녀온 것도 이 학교에서의 일이었다.

짧은 시간이었지만, 한국에서의 학창시절을 돌아보면 스승의 날은 따뜻한 기억으로 남아 있다. 가장 좋아하는 선생님께 붉은 카네이션을 재킷 한쪽에 달아 드렸다. 작지만 의미 있는 선물에 행복해하시던 선생님의 얼굴이 떠오른다. 선생님은 한국에서 오랫동안 높이 존경받는 직종이었는데, 여전히 그러하기를 바란다. '제자는 스승의 그림자도 밟지 않는다'는 한국 속담이 있다. 이 말을 많은 미국인과 영국인 교사들에게 들려주었는데, 당황하고 이해할 수 없다는 표정이 역력했다. 물론 문화마다 교사직을 바라보는 방식에 차이가 있지만, 벤자민 카도조 고등학교 교사가 됐을 때, 한인 동아리를 설립하고 스승의 날을 함께 기념하는 것이 가치 있는 일이라 생각했다.

먼저 한인 학부모님들의 기부를 받아 카네이션 200송이를 준비했다. 한인 동아리 임원들과 나는 전날 밤 늦게까지 카네이션에 핀을 붙이느라 분주했다. 행사 당일, 새벽 6시 반에 학교에 모였다. 청소년들에게는 매우 이른 시간이었지만, 교사들이 도착하기 전에 학교 정문에 테이블을 가져다놓고 모든 준비를 마쳐야만 했다. 나는 그 지역 신문기자에게 연락을 취했다. 어떤 미국학교에서도 이런 행사를 진행한 적이 없기에 기사로 나가면 좋을 것 같았기 때문이다. 7시경에 선생님들이 출근을 하자 한인 학생들은 미국 선생님 한 분 한 분께 다가가서 인사하며 카네이션을 달아주었다.

카도조 고등학교 스승의 날 카네이션 행사(1987.5.15)

"스승의 날이에요, 선생님들에게 진심으로 감사드립니다!(Thank you, Happy Teacher's Day!)"

그때는 내가 교직을 시작한 첫 해여서 평생을 교직에 몸담아온 선생님들이 어떤 느낌이었을지 알 길이 없었다. 다양한 인종의 교사들이 있었는데, 그들은 눈가에 눈물이 맺힌 채 내게 이렇게 말했다.

"거의 40년째 교사생활을 하고 있지만, 내가 매일 하고 있는 일에 감사를 표현하면서 가슴에 카네이션을 달아주는 학생은 이번이 처음입니다. 이런 훌륭한 한국의 문화를 우리와 함께 나눠주셔서 감사합니다."

그날 이후로, 교장과 교사들이 모든 한인학생을 아주 긍정적으로 보게 되었다.

벤자민 카도조 고등학교에서 기억에 남는 또 다른 일은, 학생들을 데리고 수학여행을 간 것이었다. 한국에서는 고등학교 졸업반이라면 흔히 가는 여행이지만 미국에서는 드문 일이다. 물론 학교에서 가는 여행이 있지만 그 목적이나 구성 방식은 확연히 다르다.

당시 나는 경험이 없던 젊은 선생이라서 여행에 따르는 위험부담을 생각하지 못했다. 가족이 생기고 30년간 교사생활을 경험해보니, 여행을 지금

카도조 고등학교 한인 동아리 수학여행(1988)

나 혼자 인솔하라고 하면 이제는 못 할 것 같다. 다른 교사들의 도움 없이 혈기 왕성한 10대 청소년을 이끌고 며칠 동안 여행이라니, 무모한 일이었다. 학생들이 내 지시대로 움직일 것이라고 너무 순진하게 생각했던 것 같다.

다행히도 뒷정리를 안 하는 것과 같은, 일부 학생의 무책임한 행동들을 제외하고는 아주 좋은 시간을 보냈다. 이제 40대 중반이 된 내 제자들은 미국에서 자라면서 가장 기억에 남는 경험 중 하나가 바로 그 여행이었고, 그런 경험을 하게 해줘서 감사하다고 말한다.

다른 많은 행사들과 더불어 이 2가지는 초년 교사로서 보람 있는 경력을 이어갈 수 있게 해준 가치 있는 경험이었다.

Cardozo Korean Club

카도조 고등학교 한인 동아리에서 제작한 티셔츠

"카도조 고등학교 한인 동아리,

많은 추억을 전해줘서 고마워!"

"Cardozo High School Korean Club(1986~1993),

thank you for the memories!"

07

나를 교직에 남게 한 포스터 한 장

All I Really Need to Know I Learned in Kindergarten

1980년대 중반, 뉴욕시 교사의 50% 이상이 임용 첫해를 넘기지 못하고 그만둔다는 통계가 있었다. 어느 학생으로부터 받은 쪽지가 없었다면, 나도 그럴 뻔했다. 당시 나는 처음 근무하던 고등학교에서 불과 몇 블록 떨어진 곳에 살았다. 퇴근 후, 학교 근처 공원에서 학생들과 농구도 하면서 그들의 고민상담을 하기도 했다. 어떤 학생들과는 나이 차이가 불과 5~6살밖에 나지 않아 그들과 스스럼없이 지냈다.

1986년 첫해 교사 경험을 단어 하나로 묘사한다면 '힘들다'일 것이다. 뉴욕 교사들은 첫해에 가장 '도전적인' 학생들을 맡게 되며 가장 가르치기 어려운 수업을 담당한다. 일부 학교에서는 무기를 가져오는 학생들로 인해 등교할 때 금속탐지기를 통과해야 한다. 매일 4~5개의 수업을 준비하고, 수업에 집중하지 못하는 학생들을 관리하고, 학교 중퇴를 막고, 학습 동기가 부족한 학생들을 격려하는 등 힘든 날의 연속이었다. '영감은 위대한 일을 할 수 있는 궁극적인 도구다(Inspiration is the ultimate tool to do great things).'라는 강한 믿음을 가지고, 좋은 교사가 되려고 부단히 노력했다.

나는 수업 도중에 가끔 과학과 관련이 없는 이야기를 했다. 한번은 1986년 출간된 로버트 풀검(Robert Fulghum)의 『내가 정말 알아야 할 모든 것은 유치원에서 배웠다(All I Really Need to Know I Learned In Kindergarten)』라는 책에 대해 말해주었다. 이 책은 미국의 유치원에서 일반적으로 배우는 기본 규칙과 규범을 어른들이 준수한다면 세상이 어떻게 개선될 것인가를 설명하는 에세이 모음집이다. 이러한 책을 소개한 목적은 학생들에게 희망을 주고, 다른 방식으로 생각할 수 있도록 영감을 주며, 그들이 세상을 변화시킬 기회가 있다는 것을 알리고 싶기 때문이었다. 다음은 책의 첫 번째 에세이에서 발췌한 내용이다.

"어떻게 살고, 무엇을 하며, 어떤 사람이 될 것인가에 대해 내가 정말 알아야 할 대부분은 유치원에서 배웠다. 지혜는 학문의 정상에서 찾을 수 없었지만, 보육원의 모래상자 안에 있었다. 다음은 그때 배운 것들이다. 무엇이든 나눠라. 정정당당하게 승부를 겨뤄라. 남을 때리지 마라. 물건은 있던 자리에 놓아라. 네가 어지럽힌 것은 스스로 치워라. 내 물건이 아니면 가져가지 마라. 남에게 상처를 주었을 때 미안하다고 말하라. 식사 전에 손을 씻어라. 화장실 사용 후 물을 내려라. 따뜻한 과자와 찬 우유는 몸에 좋다. 균형잡힌 삶을 살아라. 매일 조금씩 배우고, 생각하고, 그림을 그리고, 노래를 부르고, 춤도 추고, 놀면서 일하라. 전 세계 사람들이 매일 오후 3시쯤 과자와 우유를 먹고 나서 담요를 덮고 낮잠을 잔다면 얼마나 좋은 세상이 될까 상상해보라. 모든 나라에서 물건을 항상 제 자리에 놓고 각자의 주변을 스스로 정리하는 기본 정책을 시행하고 있었다면 지금 세상은 어땠을까? 세상 밖으로 나갈 때는 다른 사람들의 손을 잡고 함께 있는 것이 최선이라는 건, 나이와 상관없이 여전히 맞는 말이다." - 로버트 풀검

"Most of what I really need to know about how to live, and what to do, and how to be, I learned in kindergarten. Wisdom was not at the top of the graduate school mountain, but there in the sand box at nursery school. These are the things I learned. Share everything. Play fair. Don't hit people. Put things back where you found them. Clean up your own mess. Don't take things that aren't yours. Say you are sorry when you hurt somebody. Wash your hands before you eat. Flush. Warm cookies and cold milk are good for you. Live a balanced life. Learn some and think some and draw and paint and sing and dance and play and work everyday. Think of what a better world it would be if we all, the whole world, had cookies and milk about 3 o'clock every afternoon and then lay down with our blankets for a nap. Or we had a basic policy in our nation and other nations to always put things back where we found them and clean up our own messes. And it is still true, no matter how old you are,

when you go out in the world, it is best to hold hands and stick together."
- Robert Fulghum

첫 학년이 끝나갈 무렵, 내가 교직에 계속 남아야 할지 고민하고 있다는 이야기를 학생들에게 했다. 솔직한 감정을 숨기고 학생들을 대하는 게 위선처럼 느껴졌고, 나를 의지하는 많은 학생들에게 죄책감이 들기도 했기 때문이었다. 그런데 며칠 후, 집 앞에 소포와 쪽지가 놓여 있었다. '내가 정말 알아야 할 모든 것은 유치원에서 배웠다.'라고 적힌 포스터와 '선생님, 그만두지 마세요, 저희는 선생님이 필요합니다!'라고 쓰여 있는 메모였다. 학생들에게 필요한 선생님이라는 말보다 더 듣기 좋은 찬사가 또 있을까? 나는 그 쪽지 덕분에 지난 34년 동안 교직에 남아 있었고, 포스터를 항상 책상 옆에 놓고 보면서 매일 학교를 가는 이유가 오직 학생들임을 상기한다.

교사들이 학생들의 생활에 영향을 줄 수도 있지만, 반대로 작용하기도 한다. 나에게 더 나은 교사가 되도록 영감을 준 훌륭한 많은 학생이 있었고, 그들의 격려와 지원이 없었다면 나는 지금 이 자리에 없었을 것이다. 교사를 포함한 모든 인간은 끊임없이 배우면서 살아간다. 배움은 교사와 학생이 함께하는 여정이다. 따라서 교실은 교사와 학생이 상호 존중하며 지원하는 곳이 되어야 한다. 또한, 학생들은 교사들이 그들보다 위에 있지 않다는 것을 인지하면서 교사에게 도전하는 걸 두려워하지 말아야 한다.

"지난 34년 동안

나의 교육 여정에서 큰 역할을 감당해준

모든 학생과 직원에게 감사하다."

"I am grateful to all the students and staff

that played a part in my educational journey

for the past 34 years."

제자에게 선물받은 포스터. 내 사무실에 항상 걸려 있다.

08

과학 연구 프로그램

Science Research Program

 교직생활 중 보람이 있었던 많은 일 중 하나는 뉴욕의 고등학교 4곳에서 과학 연구 프로그램에 참여한 것이다. 과학 연구 분야의 전문가이던 나의 스승 모트 로겐(Mort Roggen) 선생님께서 이 프로그램에 특별한 관심과 열정을 보이던 나를 과학 연구(science research) 선생으로 키워주셨다.

 1942년부터 시작된 과학인재발굴 프로그램(Science Talent Search)은 독창적인 연구 프로젝트에 긴 시간을 할애해서 그 결과를 대학원 논문과 유사한 형식의 보고서로 작성한 재능 있는 고등학교 졸업반 학생들에게 시상을 하고 있다. 고등학생의 노벨상으로도 알려진 이 대회는 웨스팅하우스(Westinghouse)라고 한다. 1998년에 인텔(Intel)기업이 이 대회의 주요 후원자가 되면서, 젊은이들에게 과학, 수학, 공학, 의학 분야를 장려하기 위해 고안된 미국의 기관으로 성장하게 되었다. 2016년에 리제네론(Regeneron)이라는 의약회사가 다음 스폰서가 되었고 현재 미국과 전 세계의 고등학생들이 제출한 약 2,000개의 기발한 연구결과들이 경쟁을 벌이고 있다. 그중 40명의 최종 후보자가 매년 선발되며, 워싱턴 D.C.로 초청되어 장학금을 받고 백악관에 가서 대통령을 만난다. 대단한 업적이 아닐 수 없다. 이 최종 후보자들 중 많은 이가 노벨상 수상자가 되었다.

과학 리서치 중인 학생들

1980년대 중반, 스타이브샌트(Stuyvesant) 고등학교, 브롱스 과학고등학교(Bronx High School of Science), 우리 학교인 벤자민 카도조 고등학교,

이 3곳의 학교가 뉴욕에서 과학인재발굴 프로그램 최종 합격자를 가장 많이 배출하기 위해 치열한 선의의 경쟁을 벌이고 있었다. 나는 매년 많은 준결승과 결승 진출자를 배출하는 과학부에 속하게 되어 매우 영광스러웠다. 스타이브샌트 고등학교와 브롱스 과학고등학교는 뉴욕뿐 아니라 미국 전체에서도 손꼽히는 명문 과학특수고등학교이다! 내가 그 후 4개의 다른 학교에서 과학 연구 프로그램을 시작할 수 있었던 것은 벤자민 카도조 고등학교에서의 경력 때문이었다.

9년 전 제주 영국국제학교가 시작되면서 나는 과학 연구 프로그램 추진을 제안했지만 거절당했다. 영국의 전통교육방식을 고수하려는 학교 정책으로 볼 때 너무 '미국식'인 제도가 어울리지 않아서 그랬는지 모르겠지만, 분명한 것은 한 가지 일에만 집중하는 학생이 아닌 다재다능한 학생을 원한다는 사실이었다.

영국국제학교의 장점 중 하나는 학생들이 다양한 것을 경험할 수 있도록 방과 후와 토요일마다 다양한 교과 외 활동을 제공하는 것이다. 물론 나도 한 분야에 치우치지 않고 다방면으로 우수한 인재를 양성해야 한다는 데에는 전적으로 동의하지만, 어떤 학생들에게는 그들이 열정을 보이는 분야에 대해 깊이 탐구할 기회를 주어야 한다고 생각한다.

빌 게이츠나 스티브 잡스가 어렸을 때 자신들이 몰두하고 있는 소프트웨어 프로그램이나 컴퓨터 작업을 중단하고 다재다능한 인재가 되기 위해 도자기, 산악자전거, 승마 등을 배워야 했다면, 우리는 현재 마이크로소프트 혹은 아이폰이 존재하지 않는 전혀 다른 세상에 살고 있을지도 모른다.

학생들이 삶의 목적과 의미를 찾기 위해서는 학교와 학부모들이 함께 학생들을 지도해야 한다고 믿는다. 다방면의 재능은 중요하며 당연히 학생들이 성장하면서 최대한 많은 경험을 하기 원한다. 하지만 관심과 열정을 보이는 분야가 있다면, 더 깊이 알아볼 수 있도록 적극적인 지지가 필요하다.

과학 프로그램에 학생들을 참여시키는 것은 여러 방면으로 유익하다. 비판적 사고력을 키우는 데 기여할 뿐 아니라, 과학 분야의 진로 결정에 큰 도움을 준다. 4차 산업혁명에서는 과학기술이 세계의 사회, 정치, 문화 패턴을 바꾸는 데 더 중요한 역할을 할 것이다.

미국의 고등학교 과학 연구 프로그램은 보통 3~4년이며 IB나 AP 프로그램과 함께 진행한다. 많은 시간을 투자해야 하는 혹독한 과정이지만, 학생들은 매우 자랑스럽고 감사할 만한 최종 결과물을 얻게 될 것이다. 과학 분야에 열정이 있는 학생은 반드시 도전해볼 것을 강력히 추천한다.

9년이 지난 지금, 나는 다시 영국 학교의 행정부에 과학연구 프로그램 추진을 고려해달라고 요청했고, 이번에는 긍정적인 반응을 해주었다. 제주에서도 이런 과학연구에 대한 좋은 결과를 머지않아 볼 수 있기 소망해본다!

"당신에게 의미 있는 것을 찾아 추구하라!"

"Find something that is meaningful to you

and pursue it!"

09

예일대 방문

Trip to Yale University

많은 학생들과 부모들에게 조언과 권고를 해왔지만, 이번 경우는 좀 특별했다. 발로 뛰어야만 하는 상황이 벌어졌다. 대학 지원 마감일이 가까워질 때, 한 학생이 나를 찾아왔다. 나와 함께 한인 동아리 설립을 도왔던 동아리 임원 중 한 명으로 잘 알고 있는 학생이었다.

몇 달 전부터 이 학생의 대입지원에 관한 지도를 담당해왔는데, 예일대를 포함한 최상위권 대학에 지원하도록 격려했다. 그는 지난 여름방학에 예일대에서 경제학 강의를 수강했는데, 그 결과가 매우 만족스러웠기 때문이다. 그런데 그렇게 학업 면에서 우수한 이 학생은 어떤 이유인지 자신감이 부족해 보였다.

그런데 진학상담을 하던 중에 그 학생이 예일대에 지원하지 않았다는 사실을 알게 되었다. 다음 주가 예일대 지원 마감일이었다. 이유를 물었더니, "합격할 가망이 전혀 없다고 생각한다."라고 대답했다.

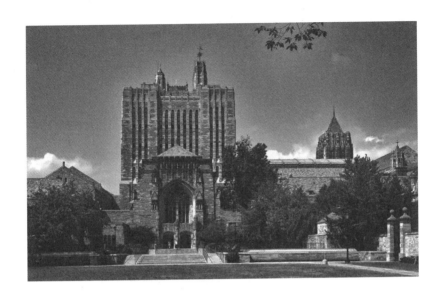

예일대학교 전경

나는 '전형적인 교사 모드'로 들어가 예일대에 지원해야 하는 이유와 그가 얼마나 많은 잠재력을 가지고 있는지 이야기했다. 또한 그가 경제학을 공부한 후 법학대학원에 진학하고 싶어 했기 때문에 예일대는 가장 이상적인 학교라고 설득했다.

대화를 이어나가던 중에, 그가 고등학생으로서 대학 수업을 성공적으로 이수한 후 담당 경제학 교수에게 추천서를 받지 않았다는 사실을 알게 되어 더욱 당황스러웠다. 대학 수준의 강의를 듣고 아주 좋은 결과가 나오면 항상 교수님께 추천서를 부탁하라는 조언을 모든 학생에게 했다. 대학교수에게 받은 추천서는 대학 지원 과정에 유용하게 쓰일 수 있기 때문이다. 그런데 유창하지 않은 영어실력 때문에 자신감이 결핍되었는지, 그 우수한 학생은 말조차 꺼내지 못했다.

모든 것을 알게 된 나는 그 학생에게 다음 날 아침 7시에 예일대학이 있는 코넥티컷주의 뉴헤이븐까지 같이 갈 것이라고 말했다. 하필 그날 아침 비가 퍼부었고, 그럼에도 나는 학생과 예일대로 향했다. (미국 법으로는 다른 학생을 잠깐이라도 본인 차에 태우려면 부모의 동의를 받아야 하고 비상상황 시 책임을 지지 않는다는 등의 서명을 받아야 하는데, 지금 생각하면 무모한 행동이었다.) 운전하는 동안, 나는 그 교수를 만날 수 있을 것인지, 만난다고 해도 추천서를 써줄 것인지 확신할 수 없었다. 시간이 촉박했고 그저 무엇이든 해야겠다는 생각뿐이었다.

도착하자마자 경제학 부서를 찾았다. 주말이라 학교에 교수님이 계실 가능성이 희박했기에 한편으로는 연락처 및 다른 방법을 모색하면서 마음 간절히 교수님이 계시기를 기도했다. 다행히도 교수님을 만날 수 있었고, 내 소개를 하고 빗속에 차를 몰고 급하게 온 이유를 설명했다.

그 교수는 내 학생을 확실히 기억하고 있었고, 심지어 그 수업을 들은 많은 대학생들 사이에서도 두각을 나타낼 정도로 우수한 학생이었다고 말했다. 그 말을 듣고, 이 학생이 예일대에 지원할 수 있도록 추천서를 써주실 수 있는지 물었더니 주저없이 "당연히 써주겠다!"라고 대답했다. 그리고 이렇게 덧붙였다.

"고등학교 교사가 학생을 직접 데려와 추천서를 요청하는 사례는 처음이 네요. 틀림없이 아주 특별한 학생이겠어요!"

교수님께 감사를 표한 후 우리는 의기양양하게 뉴욕으로 돌아갔고 그 학생은 바로 예일대에 지원했다. 몇 달 후 합격했다는 소식을 접하고 기뻐하던 그 학생의 모습은 좋은 기억으로 남아 있으며 나는 당시 내 일처럼 행복하고 뿌듯했다.

선생님과 부모님은 아이의 자존감 형성에 강력한 영향을 미친다. 다음은 자부심과 자신감을 높일 수 있는 몇 가지 방법이다.

1. 효과적인 칭찬을 하라.
때때로 어른들은 아이들에게 '훌륭해, 잘했어, 대단하다.'와 같은 칭찬을 한다. 하지만 이런 일반적인 말들은 학생들의 특정한 노력이나 행동을 언급하지 않기에 별 효력이 없다. 대신 구체적인 노력이나 행동을 인정하는 효과적인 칭찬을 하라. 예를 들어 '숙제를 열심히 하고 있구나, 지금처럼 포기하지 않고 계속하면 잘할 수 있을 거야.'라는 말이 그렇다.

2. 성장 지향적 자세(growth mindset)를 갖게 하라.

캐롤 드웩(Dr. Carol Dweck) 박사는 저서 『사고방식: 성공의 새로운 심리학(Mindset: The New Psychology of Success)』에서 '고정(fixed)'과 '성장(growth)' 마인드를 가진 사람들에 대해 논한다. 자신감이 부족한 사람이나 고정된 사고방식을 가진 사람들은 실패에 초점을 맞추고 그들이 이룬 성과를 보지 못할 수 있다. 실수나 실패는 학생들을 가르치는 도구가 되어야 한다. 성장 마인드를 가진 사람은 도전을 받아들이고, 좌절에 지속적으로 직면하며, 노력을 숙달하기 위한 필수요건으로 여기고, 다른 사람의 성공에서 영감을 찾는다. 그러므로 '할 수 없다'는 부정적인 말보다는 '아직은 아니지만'과 같이 좀 더 긍정적인 말을 하라.

3. 다른 사람들과 비교하지 말라.

자신감을 심어주기 위해 어떤 부모는 다른 학생과 비교를 하는데, 이것은 매우 안 좋은 방법이다. 각각의 아이는 독특한 장점과 재능을 가지고 있고, 그들만의 관심사와 정체성을 발견하도록 돕는 것이 부모의 역할이다.

4. 현실적이고 성취 가능한 목표를 설정하게 하라.

물론 큰 꿈을 꿀 수 있다. 하지만 아이들이 접근하기 쉽고 합리적인 목표를 세우는 것부터 시작해야 한다. 그렇게 해야 그들이 성취감을 느끼고 더 자신감을 갖게 될 것이다.

"두려움에 직면할 때마다

우리는 힘과 용기와 자신감을 얻는다.

그러므로 당신은 두려움에 직면해야 한다."

"Each time we face our fears,

we gain strength, courage, and confidence,

therefore you have to try."

– 프랭클린 루스벨트 (Franklin D. Roosevelt)

PART II

뉴욕과
제주
사이

10

가족과의 식사 시간과 여행
Family Dinner Table Talks and Trips

교육에 대한 관심에 있어서 한국은 그 어떤 국가에게도 뒤지지 않는다. 뉴욕에 살면서 나는 한국인과 비슷한 방식으로 교육을 강조하는 또 다른 문화 공동체인 유대인 사회에 대해 알게 되었다. 이스라엘을 제외하면 뉴욕에 유대인 인구가 가장 많다 보니 엄격한 교육의 중요성과 자녀에 대한 높은 기대감에 대해 열정적으로 말하는 많은 유대인 친구와 동료들의 이야기를 듣곤 했다.

세계 인구의 0.2%에 불과한 민족인 유대인이 노벨상 수상자의 20%를 차지하는 데는 이유가 있다. 유대인이 갖고 있는 기본 원칙 중 하나는 '가정에 기반을 둔 학습'이라는 개념이다. 이 학습의 핵심은 일종의 '하브루타 (havruta)'로, 유대인 가족이 저녁 식탁에서의 대화를 얼마나 가치 있게 여기는지를 알 수 있다.

하브루타는 우정이나 교제를 의미하며, 학교뿐 아니라 직장이나 가정에서도 중요시하는 교육방식을 함축하고 있다. 하브루타 학습은 다른 사람의 생각을 듣고 분석하고 자신의 생각을 타인에게 구두로 설명하는 것으로 구성된다. 이런 형태의 토론이 유대인 가족의 집에서는 매일 아이들과 함께 저녁 식사를 하는 자리에서 이루어진다. 다른 사람의 의견을 듣고 분석하고 대응하면서 타인을 존중하는 습관을 키워준다. 타인의 하브루타를 방해하는 것은 예의에 어긋난다고 여긴다.

뉴욕 스프링 밸리 지역의 유대인 학교인 예시바(Yeshiva)에서 근무할 때 이런 유형의 학습을 직접 목격할 수 있었다. 나는 유대인 6학년 학생들에게 과학을 가르쳤는데, 그들의 질문 능력과 생물학에 대한 도전의식에 놀라지 않을 수 없었다. 정통 유대인들은 진화를 믿지 않기 때문에, 그 특정한 주제에 대해 특히 열띤 논의가 진행되었다.

유대인들의 방식을 따르려 의도했던 것은 아닌데 나는 그들의 방식을 우리 가정에 종종 적용했다. 미국의 고등학교는 대부분 8시 전에 1교시가 시작되기에, 교사들은 다른 직장인보다 일찍 출근하고 퇴근도 이른 편이다. 저녁에 개최되는 학교 행사(콘서트, 운동경기, 시상식 등)에 참석해야 할 경우를 제외하고는, 가족과 함께 매일 저녁식사를 하면서 대화를 많이 하려고 했다. 어떤 주제에 관해서는 아이들과 의견 차이를 보일 때도 있었지만,

우리는 서로의 생각을 존중하는 걸 잊지 않았다.

정기적인 가족 식사의 중요성은 많은 연구 결과를 통해 입증되고 있다. 자녀의 행복지수를 높여줄 뿐 아니라, 가족의 유대관계를 강화하면서, 아이들의 의사소통 능력을 향상시킬 수 있다.

또한, 방학이 많은 교직 덕분에 가족여행을 자주 갈 수 있었다. 그동안 여행에 쓴 돈을 모아서 작은 집을 구입하는 데 보탤 수도 있었지만, 가족으로서 함께한 추억과 경험은 돈으로 살 수 없기에 전혀 아깝지 않다. 낯선 곳으로의 여행은 기억에 오래 남을 뿐 아니라 아이들에게 줄 수 있는 좋은 학습 경험이라고 믿는다.

"가족과 함께하는 식사와 여행을
가능하면 자주 즐기도록 하자."
"Enjoy your family meals and trips
as often as you can."

추수감사절 가족과의 식사

영국 런던 브리지 앞에서

11

한 학교, 한 가족

One School, One Family

뉴욕 코틀랜드 매노(Cortlandt Manor)에 있는 월터 패나스(Walter Panas) 고등학교는 내 마음에 항상 특별한 곳으로 남아 있다. '한 학교, 한 가족(One School, One Family)'이라는 학교의 모토처럼 모든 학생, 교사, 학부모가 하나가 되었다! 그곳은 내가 34년간 재직했던 학교 중에서 교감과 교장으로 9년 동안 가장 오래 머물렀던 곳이다.

아이들이 어렸을 때 뉴욕 북쪽에 새집을 장만했다. 당시 잠시 교편을 잡은 롱아일랜드(Long Island) 학교에서 약 150km를 출퇴근하는 상황에 처하게 되어 교통 체증까지 겹치면 2~3시간을 길에서 허비하고 있었다. 부득이하게 학교 근처에 임시 숙소를 구하고 주말 부부가 되었다. 주말을 가족들과 보낸 후 월요일 아침 새벽 4시 반에는 길을 나서야 했다.

월터 패나스 고등학교의 모토

미국에는 대도시를 제외한 곳곳에서 인적과 차량이 드문 새벽시간에 사슴들이 길에 출몰한다. 불행히도 그날 새벽, 사슴을 들이받고 차가 몇 바퀴 돌아 중앙선을 넘어서 반대편 길 끝에 놓인 거대한 나무 앞에 서버렸다. 감사한 것은 새벽 어두운 시간이라 반대편에서 오는 차량이 없었고, 차가 나무 바로 앞에 멈춰서 크게 다치지 않은 것이었다.

차가 막 돌아가면서, 눈앞에 내가 지내왔던 인생의 장면들이 영화처럼 스쳐 지나갔고 '아 이제 죽는구나.'라고 생각했다. 마치 영혼이 육체를 떠나기 전 몇 초같이 느껴졌다. 내 차는 완전히 못쓰게 되었지만, 다행히 나에게는 작은 부상과 후유증만 남았다.

그 후부터 사고가 있던 지점을 지날 때마다 작은 표지 하나가 눈에 띄기 시작했다. 월터 패나스 고등학교의 표지판이었다. 하루는 새벽길을 지나면서 생각했다. '이 학교에서 일하면 집에서 가깝고 참 좋을 텐데.' 나의 그런 희망사항은 몇 달 후 교감 채용모집에 지원하면서 현실이 되었다. 그 학교는 나에게 운명처럼 느껴졌다. 차사고가 나지 않았다면 그 표지판을 보지 못했을 것이고 그 학교에 대해 알지 못했을 테니까.

 〈아리랑〉

한국인이 한 명도 없는 뉴욕의 고등학교에 아리랑이 어설픈 한국어로 울려 퍼졌다. 이 학교에 유일했던 한국인인 내가 은퇴한다는 소식을 듣고 음악교사와 합창단이 한국어로 연습을 해서 마지막 노래를 나를 위해 불러주는 것이었다. 프로그램에 찍혀 있지 않아 전혀 눈치 채지 못하고 있었는데, 끝날 무렵에 지휘자가 갑자기 무대에 나오더니, "다음 곡은 이 교장선생님을 위한 노래입니다."라고 하는 게 아닌가. 그제야 특별한 것을 준비했음을 알았다.

처음 몇 가락이 연주되자 바로 한국의 대표적인 전통 민요 아리랑이란 걸 직감했고 감격의 눈물이 흐르기 시작했다. 주체할 수 없는 감정이 밀려왔다. 전교생이 참석한 봄 콘서트에서 미국 학생들이 부르는 모국의 노래를 들은 기쁨과 감동은 절대 잊을 수 없을 것이다.

10년 후 같은 학교에 교장으로 돌아가게 될 줄은 상상조차 못했고, 나를 가족처럼 맞이해주는 학교에 너무나 감사했다. 그곳은 내가 거쳐온 많은 학교 중에서도 '한 학교, 한 가족'의 정신을 진정으로 실현한 학교이다.

"교감과 교장이 된 것은
큰 특권이자 영광이었습니다.
월터 패나스 고등학교, 감사합니다!"

"It was a great privilege and honor being

assistant principal(1999~2005)

and principal(2015~2017).

Thank you Walter Panas School!"

교장 부임 첫날 사무실 앞에 학생들이 만든 환영 사인

New Principal Takes Over At Walter Panas High School

Keith Yi talks with students at lunch after coming to Walter Panas High School as the new principal in early January. Photo Credit: *Contributed*

CORTLANDT, N.Y. -- Keith Yi took over as the new principal at Walter Panas High School in Cortlandt at the beginning of January.

Yi has been interacting with students, staff and community since his arrival on Jan. 5. Yi previously served as assistant principal at Panas before moving to Dobbs Ferry School District as high school principal.

Yi also served as head of a South Korean school. He replaces previous principal Susan Strauss, who retired.

〈Patch, Neighbor News〉학생들과의 점심시간(2015.01.09)

12

오늘날의 유관순은 어디 있을까?

Where Are You, Ryu Gwan-sun?

2019년 〈타임〉지는 올해의 인물로 스웨덴 출신의 16세 환경운동가 그레타 툰베리(Greta Thurnberg)를 지명했다. 그녀는 2019년 9월 유엔 기후행동 정상회의에서 기후변화에 대응하는 세계 지도자들의 노력이 부족하다

고 책임을 추궁하는 격정적인 연설을 해서 전 세계의 주목을 받았다. 올해의 인물로 선정되기 전, 그녀는 실제로 노벨 평화상 후보에 올랐다.

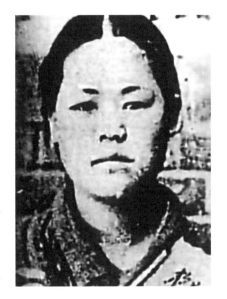

그녀에 대한 뉴스가 발표되었을 때 나는 한국인들에게 친숙한 '유관순'이란 이름을 떠올렸다. 지난해 학교에서 영웅들에 관한 주

제로 조회를 한 적이 있다. 일제 강점기에 3·1 운동을 주도했던 유관순이 당시 몇 살이었는지 고등학생들에게 물었다. 그리고 400여 명의 학생 중 2명만 손을 들었다는 사실에 나는 매우 실망했다. 독립운동 당시 그녀 나이는 16살이었다. 유관순은 감옥 수감 중에도, 18살 감옥에서 숨을 거둘 때까지도 계속해서 독립만세운동에 앞장섰고, 한국 독립운동의 상징적 인물이 되었다. 내가 존경하는 위인들 중 한 명이다. 노벨 평화상은 평화와 정의를 위해 공헌을 한 개인에게 수상자격이 주어지는데, 1919년 거대한 일본 제국주의에 맨손으로 맞선 16살의 유관순 열사야말로 완벽한 노벨 평화상의 후보였다고 확신한다.

모든 젊은이에게 묻고 싶다. '자신의 희생을 마다하지 않고 큰 뜻을 향해 도전하는 오늘날의 또 다른 '유관순'은 어디에 있는가?' 젊은 청소년들에게 유관순처럼 살고 그들의 생명을 희생시키라는 말은 당연히 아니다. 나도 하기 힘든 일이다. 환경 캠페인으로 고등학교 1년을 완전히 포기한 그레타 툰베리와 같은 행동을 모두에게 제안하는 것도 아니다. 그러나 만일 나의 아이들이 그런 의미 있는 도전을 위해 휴학을 하겠다고 나선다면, 나는 선뜻 허락하며 자랑스러워할 것이다.

현 세대는 기후변화, 대기오염, 교육, 사회적 불평등, 국내외 정치상황, 인종적, 종교적 분열과 같이 여러 문제가 있어 염려가 된다. 다음 세대에게 더 나은 세상을 물려줘야 하는 것은 당연한 논리이며 윤리적으로도 책임을 져야 할 부분이다. 『21세기를 위한 21가지 제언(21 Lessons for 21st Century)』 이란 책에서 유발 하라리(Yuval Harari)는 인류가 직면하고 있는 실존적 진퇴양난에 대해 논한다. 역사학자로서 그는 21세기의 가장 긴급하고 중대한 문제들에 대해 명확하게 설명하면서 인류의 미래에 대한 비전을 제시하고 있다. 이것은 우리 모두가 '세계시민'이라는 코스모폴리타니즘의 철학과 일맥상통한다. 우리는 미래에 대한 논의에 참여해야 한다. 또한 '세상을 바꾸고 싶으면 네가 먼저 변해야 한다(Be the change you want to see in the world).'라는 간디의 명언처럼 변화를 만들어가야 한다.

리더가 된다는 것은 꼭 세계적인 규모로 무언가를 해야 한다는 것을 의미하지 않는다. 각자 속한 지역사회에서 리더가 될 수 있다. 나는 학생들에게 고등학교 4년 동안 적어도 한 번 이상 그들의 리더십 능력을 발휘할 수 있는 기회를 갖도록 장려했다.

그것은 꼭 반 대표, 스포츠 팀의 주장이 되거나 오케스트라의 최고 자리로 선택되어야 한다는 뜻이 아니다. 어떤 사람들은 지도자는 타고나는 것이라고 말하지만, 리더십 능력은 모든 사람에게 어느 정도 잠재해 있다가 필요한 상황에 나타난다고 나는 믿고 있다. 아이들에게 능력을 발휘할 기회를 마련해주고, 할 수 있다는 믿음을 갖게 하는 것은 부모와 교사의 책임이다.

다른 학생들에게 안타깝게도 '외톨이'로 비춰졌던 한 학생이 기억난다. 그 학생이 내 사무실에 올 때마다 우리는 자주 이야기를 나누었다. 한번은 그에게 학교 밖에서 어떤 클럽이나 스포츠 또는 활동에 참여하는 게 있는지 물어본 적이 있다. 학교가 끝난 후 아무것도 하지 않는다는 말에 나는 "방과 후에 혹시 하고 싶은 게 있니?"라고 물었다. 그는 동생과 집에서 탁구 치는 것을 좋아한다고 대답했다. 그래서 나는 "그러면 우리 학교에서 탁구 클럽을 시작하면 어떨까?"라고 제안했다.

월터 패나스 고등학교 탁구 클럽(1998)

탁구대와 다른 장비들의 구입 자금을 마련하기 위해 나는 그 학생이 학부모 교사 위원회(PTA)에 제안서를 쓰도록 도왔다. 처음에는 많은 학생들이 참가하지는 않았지만, 탁구 게임을 하고 싶은 사람은 누구나 참여할 수 있다는 클럽이라는 사실이 알려지자, 학생들과 교직원들이 한두 명씩 모이기 시작했다. 당시 교감이었던 나도 매주 금요일 방과 후에 그곳에 있었고 일부 학생은 탁구 경기에서 나를 이기려고 안간힘을 썼다. 내가 학교를 떠날 때는 탁구대가 4대로 늘었고 금요일 오후마다 적어도 20~30명이 모였다.

그 후 그 학생은 어떻게 되었을까? 그는 당연히 클럽의 회장이 되었고 학교에서 더 이상 외톨이가 아니었다. 실제로 그는 클럽을 만든 경험과 어떻게 리더가 되었는지에 대해 대학 에세이를 썼다고 한다.

나는 낙천주의자이다. 교사는 그래야만 한다. 현 세대의 젊은이들은 이전 세대가 할 수 없고 못한 위대한 일들을 할 기회가 있다. 물론 이전 세대는 인터넷, 스마트폰, 컴퓨터, 현재 당연하게 받아들이는 많은 기술을 이루었다. 그렇게 생각하면 이전 세대가 완전한 실패는 아니다.

그레타 툰베리와 같이 더 나은 세상을 위해 앞장서는 젊은이들과 불의에 맞서 투쟁하는 유관순 열사처럼 본보기가 되는 역사적 인물들이 존재한다는 사실에 위안이 된다. 18억의 젊은이가 21세기에 인류가 직면하게 될 정치 및 사회 변화와 다른 문제들을 성공적으로 해결해갈 것이라고 믿는다. 이러한 변화를 볼 만큼 내가 오래 살지 못할 수도 있지만, 암이 더 이상 불치병이 아닌 세상이 올 것이며, 기후 변화에 대한 해결책이 나오고, 언젠가는 전쟁이 종식되면서 세계 평화가 찾아올 것임을 믿고 있다.

월터 패나스 학생들이 은퇴 기념으로 그린 벽화

"당신이 어떤 사람이든,

당신은 리더가 될 수 있다!"

"No matter who you are,

YOU can be a leader!"

13

이~글스 파이팅!

Go Yi~Gles!

독수리(Eagles)는 나에게 항상 특별한 의미로 기억될 덥스페리(Dobbs Ferry) 고등학교의 마스코트다. 우연히 학교의 마스코트인 '이글스'의 첫 자가 내 성 '이'와 발음이 같아서 학생들은 종종 그것을 학교 행사를 위한 표지판에 사용했다. 솔직히 말해서 너무 좋았다!

덥스페리 고등학교의 마스코트　　　　　학생들이 만든 응원 표지판

물론 표지판 외에도 덥스페리 고등학교가 내 가슴에 소중하게 남아 있는데는 다양한 이유가 있다.

교감으로 재직하면서 적어도 3~4년 동안 나는 말 그대로 수백 개의 교장 지원서를 제출했을 것이다. 최종 후보 명단에 올라 교육감과 면접을 여러 번 봤지만, 마지막에 인사과에서 다음과 같은 전화를 받았다.

"당신은 훌륭한 후보자이지만 다른 사람을 선임하기로 결정했다. 앞으로의 구직에 행운을 빈다."

이러한 과정이 몇 년 동안 반복되었다. 때로는 나에게 어떤 결격사유가 있는지 스스로 의문을 갖기도 했다. 또한, 내가 지원하고 있는 뉴욕, 특히 웨스트체스터 카운티 학군에는 아시아계 행정관이 거의 없었기 때문에, '혹시 내가 한국계라서 그런가?' 하는 생각마저 들었다. 아내는 "왜 자꾸 지원하고 면접만 계속 보면서 스트레스를 받아요?" 하며 안타까워했다.

나는 왜 이런 고생과 실망감을 자초했을까? '평지풍파를 일으킨다(rock the boat)'는 말은 어떤 상황을 변화시키고자 할 때 쓰는 영어 표현이다. 배를 흔들 수 있는 2가지 방법이 있다. 하나는 바깥에서, 하나는 안에서부터 시도하는 방법이다. 배를 제대로 움직이기 위해서는 안으로 들어가야 한다. 학교행정에 발을 들이면서 내 교실뿐 아니라 학교 전체에 변화를 주고 싶다고 생각하게 되었다. 교사로서 바로 앞에 앉아 있는 학생들의 삶에는 영향을 미칠 수 있지만, 수업 밖에 미치는 영향은 다소 제한적이었기 때문이다. 학교행정에는 교내의 모든 교사의 의견이 반영되어야 하지만, 현실적으로 교사로, 심지어 교감의 직분으로도 학교를 변화시키는 것은 어려웠다. 그래서 더 큰 영향력을 행사할 수 있는 교장의 위치에서 학생과 교사의 삶을 더 나은 방향으로 바꾸고 싶었다.

성공적인 학교와 능률적인 교장 간의 연관성을 확인하는 연구 자료가 많이 있다. 교장은 교사와 협력하여 교실에서 학생의 성취도를 높이고 긍정적인 학교 환경을 보장할 수 있다. 또한 평교사들의 동기 부여, 헌신, 근무 조건에 대한 영향력을 통해 간접적이지만 강력하게 교육과정 전반을 개선할 수 있다는 것이 입증되고 있다. 나는 옳은 방식으로 행동하는 것(doing things right)보다는 옳은 일을 하는 것(doing the right thing)이 중요하며 관리자(manager)보다는 지도자(leader)가 되기를 선호한다. 이런 이유로 도전을 멈추지 않고 결코 포기하지 않았다.

마침내 2005년에 기회가 찾아왔다. 내 지원서는 초기 검토과정을 통과해서 부교육감과의 면접에 이르렀다. 나는 인터뷰가 끝난 후 '아, 정말 잘했어.'라고 생각했다. 며칠 후, 덥스페리로부터 내가 교장직 최종 후보 3명 중 한 사람이고, 다시 인터뷰에 초대하고 싶다는 전화를 받았다. 최종 면접까지

가게 되어 잠시 의기양양했지만, '여기까지는 전에도 왔었지.' 하면서 많은 기대는 하지 않았다.

덥스페리로부터 최종 면접과 관련된 이메일을 받았을 때, 그동안 경험해 온 일반적인 면접과는 약간 다른 일정을 보고 신선한 충격을 받았다. 학교 행정관, 이사회 임원들, 교사, 학부모, 학생들로 구성된 위원회 모두와 개별적으로 45분간의 면접을 보는 방식이었다. 각 분야의 관계자와 차례로 면접이 진행되었고, 마지막 일정은 비공식적인 자유로운 분위기에서 학생위원회와 피자를 먹으며 이야기하는 것으로 마무리되었다. 4시간이 넘게 걸린 면접을 마치자 긴장이 풀린 탓인지 온몸에 힘이 빠졌다. 지난 몇 년 동안 내가 경험했던 다른 모든 인터뷰와는 확연히 다른 느낌이었다. 처음 만나서 짧은 시간 이야기를 나눈 면접 위원회 한 명 한 명 모두와 내가 연결되어 있는 것처럼 느껴졌다.

다음 날 교육감으로부터 교장직을 맡아달라는 연락을 받았다. 교육감은 후보 모두 강력했지만 내가 학생들과 소통을 가장 잘했고 학생위원회로부터 최고의 반응을 받았다고 말했다. 그 말을 듣는 순간 내 귀를 의심할 정도로 기뻤다. 그 당시 10살과 12살이었던 아이들과 저녁 식사를 하면서 이 소식을 전했다. "만약 아버지가 살아 계셨다면 얼마나 행복하고 자랑스러워했을까?"라는 말을 하다가 아이들 앞에서 눈물이 나왔고 감정이 북받쳐 오르는 걸 막을 수 없었다. 캘리포니아에 계신 어머니께도 알리니 너무나 좋아하시며 축하해주셨다. 많은 실패를 거듭하고 힘들게 여기까지 왔기에 성취감과 기쁨도 더 컸던 것 같다.

덥스페리 고등학교는 국제 바칼로레아(IB) 학교로 전 세계에서 알아주는 학교였기 때문에, 그 학교 교장으로 보낸 6년은 나에게 많은 도움이 되었다. IB 프로그램의 첫 경험이었고, 다년간 그것을 배우면서 IB 교육철학의 매력에 빠져들었다.

국제 바칼로레아 프로그램의 핵심은 미션 성명서(Mission Statement)에 다음과 같이 나와 있다.

"국제 바칼로레아는 문화 간의 이해와 존중을 통해 더 좋고 평화로운 세상을 만드는 데 도움을 주는, 탐구적이고 학구적이며 배려하는 젊은이들의 양성을 목표로 한다(The International Baccalaureate aims to develop inquiring, knowledgeable and caring young people who help to create a better and more peaceful world through intercultural understanding and respect)."

이 철학은 '범세계적 시민'을 육성하고자 한다는 점에서, 코스모폴리탄 교육에 대한 내 생각과 일치한다.

IB 프로그램의 또 다른 중요한 부분은 학업적 성과를 넘어서 광범위한 인류의 능력과 책임감으로 묘사되는 학습자상(Learner Profile)이다. IB는 탐구, 지식, 사고, 소통, 원리, 열린 마음, 배려, 위험 감수, 조화와 사색적인 능력을 겸비한 학생 양성을 목표로 하고 있다.

덥스페리에서 교장직을 시작하면서 내 교육철학과 흡사한 IB 프로그램을 접할 수 있게 되어 너무 기뻤다. 그곳에서 나는 학교 리더가 될 수 있었다. 게다가 스포츠 행사에서 "이-글스 파이팅(Go Yi-Gles)!"이라는 구호를 들을 수 있으니 감사했다.

덥스페리 고등학교 풋볼 게임 관람

newsis

[뉴시스아이즈]美 뉴욕주 공립고 첫 동양인 교장 이기동씨

윤시내　입력 2009.10.20. 10:23　수정 2009.10.20. 10:23　댓글 0개

【뉴욕=뉴시스】노창현 특파원 = "따님이 이기동씨요? 그럼요, 알죠."40대 이상의 한인들이 그를 만나면 일단 이름부터 관심을 표한다. 1970년대 최고의 인기를 누리던 코미디언 이기동과 이름이 같기 때문이다. 이기동 교장(47·미국명 Keith Yi). 캘리포니아 다음으로 한인들이 많이 거주하는 뉴욕에서 그는 '비교적' 유명인사로 통한다. 교육계에 흔치 않은 한인 교장이기 때문이다.

교직에 종사하는 한인들이 많은 편이지만 교장은 상대적으로 적다. 한인 교사들의 능력이 떨어져서가 아니라 일단 교장은 교육행정가이기 때문에 별도의 석사 학위가 필요할뿐더러 어렵게 공부를 마쳐도 주류사회의 보이지 않는 '유리천장(Glass Ceiling)'을 뚫어야 하기 때문이다.

그런 점에서 뉴욕주 공립고등학교의 수장인 이기동 교장의 존재감은 한인 사회에 두드러진다. 4년 전 웨스트체스터 카운티의 답스페리 하이스쿨에 부임했을 때 그는 뉴욕주 공립고교 사상 최초의 아시안 교장이라는 타이틀로 스포트라이트를 받았다.

미 동북부의 공립학교에선 유태인 명절이 곧 학교 휴일이다. 유태계 교사들이 많아서 학교를 열어봐야 수업이 안 되기 때문이다. 유태계 교사들은 자라나는 세대들에게 유태계와 이스라엘에 대한 호감을 심어주는 역할을 한다.

특히 한인 교장의 존재는 학생들은 물론, 학부모와 교사, 교육위원회 등에 상당한 영향을 주고 있다. 이 교장 덕분에 전체 학생의 10명도 안 되는 한인 학생들은 어깨를 으쓱대며 학교를 활보한다. 지난 10월9일 한글날을 맞아 답스페리고가 뉴욕의 공립학교로는 처음 '한글날(Hangul Day)'를 선포하고 한글 이벤트를 벌인 것도 이기동 교장이 있었기에 가능한 일이었다.

ESL 교사인 매리언 할버그씨와 함께 그는 한글날 행사에서 학생들을 상대로 한글이 어떻게 만들어졌고 왜 세계에서 가장 우수한 문자인지, 가르치는 뜻 깊은 시간을 가졌다. 덕분에 미국 학생들은 한국인에게 고유 문자가 따로 있고 문자가 없는 민족들이 한글을 수입해서 쓴다는 사실도 알 수 있었다.

덥스페리 고등학교 본관 앞에서

14

코치 맥의 날
MAC Day

코치 맥의 날은 나에게 아주 특별한 날이다. 제임스 맥켄지(James Mackenzie)는 2006년 내가 덥스페리 고등학교에 다니기 1년 전부터 학교 풋볼 코치를 맡고 있던 체육교사였다. 학생들은 그를 '코치 맥'이라고 불렀고 학생들 사이에 아주 인기가 많았다. 그래서 그가 56세에 불과한 나이로 갑자기 세상을 떠났다는 소식은 지역사회 전체에 슬픔을 주었다.

학교 책임자로서 나는 슬퍼할 겨를도 없이 그런 위기 상황에서 신속하게 대처하고 행동지침을 내려야 했다. 마침 그날이 내 딸의 생일이었기 때문에 정확한 날짜(5월 19일)를 기억한다.

먼저 그 슬픈 소식을 모든 학교 관계자에게 알리기 위해 비상연락망을 돌렸다. 주말이었지만 위기관리팀과의 회의를 소집했다. 미국의 모든 학교에는 이와 같은 상황을 다루기 위해, 학교심리학자, 감정상담가, 사회복지사,

간호사, 교사, 행정가들로 구성된 위기관리팀이 있다. 가장 중대한 사안으로, 그의 죽음에 즉각적인 영향을 받는 학생들과 그가 지도한 풋볼과 소프트볼 팀 선수들, 체육 수업에 있었던 학생들을 어떻게 지원할 것인지를 논의했다. 우리는 학교 밖의 지역 사회 단체들에게도 연락하여 슬픔에 빠진 학생들과 교직원들을 돕기 위해 추가적인 지원을 요청하였다. 그의 추도식에서는 덥스페리 지역사회 전체가 모여 애도의 뜻을 표했다.

코치 맥과 풋볼 선수들(2006)

맥 코치는 부임 첫해에 학교 풋볼 팀을 뉴욕주 챔피언전까지 끌고 가는 상당한 성과를 이루었다. 2년 정도의 짧은 재임기간에도 불구하고 모든 학생, 특히 학교 풋볼 선수들의 사랑을 받았던 이유는 이런 성과 때문만이 아니었다. 그는 팀의 사기를 높이는 특별한 방식을 가지고 있었다.

그의 수업을 평가하는 동안, 나는 자신감 넘치는 학생들의 분위기를 단번에 느낄 수 있었다. "너희보다 잘하는 사람이 누구지(Who's better than you)?"라고 말하는 코치 목소리에서 학생들이 할 수 있다는 믿음이 전해졌고, 이 한마디가 학생들에게 자신감과 동기를 부여해서 최선의 노력과 최상의 결과를 이끌어 냈던 것이다. 그는 진정한 교육자였다!

학생들과 교직원들은 맥 코치가 학교에 끼친 영향에 대해 감사와 존경을 표하고 싶었다. 그래서 연례행사인 운동회(Field Day)를 그를 기억하며 'MAC Day'로 지정한 것에 대해 나는 큰 박수를 보냈다. 그 후로 그날은 그가 강조하던 학교 정신(school spirit)과 더불어 그를 기념하는 날이 되었다.

이듬해 뉴욕 Fox 5 TV 아침 뉴스 프로그램인 〈굿데이 뉴욕(Good Day New York)〉에서 'MAC Field Day' 이야기를 듣고 학교를 방문해서 2시간 생중계를 하고 싶다고 (방송사에서는 이례적으로) 요청했다. 학교 과정 중에 TV Production과 IB Film courses가 있었기 때문에 대중매체 분야에 관심이 있는 학생들에게 좋은 기회라 흔쾌히 허락했다. 이 프로그램은 아주 좋은 반응을 이끌었고, 학생들과 교직원들 모두 사랑하는 맥 코치를 기리는 좋은 시간이 되었다.

Fox 5 TV 〈Good Day New York〉(2007)

오랜 시간이 흘렀지만 지금까지 덥스페리 고등학교는 매년 운동회를 통해 맥을 기리는 전통을 이어가고 있다. 2020년에는 'MAC Day'가 15회를 맞게 된다. 학교 축구 팀은 코치가 떠난 다음 시즌에 뉴욕주 챔피언십에서 우승했으며 그 기쁨과 승리를 맥 코치에게 바쳤다.

"너희보다 잘하는 사람이 누구지?"

"Who's better than you?"

– 맥 코치

15

미국의 공립학교와 사립학교

Public and Private Education in the U.S.

공립과 사립학교의 논쟁은 미국 내에서 몇 세기에 걸쳐 계속되고 있다. 현한국 정부에서도 특목고 및 자사고를 일반고로 전환할 것이 공식화되면서교육계에 많은 혼란을 주고 있다. 더군다나 제주와 대구 같은 지역의 일반공립학교에 국제바칼로레아(International Baccalaureate) 프로그램을 도입해서 시범적으로 운영하려는 교육부의 움직임이 시작되고 있다. 한국 교육시스템과 대학 지원 과정의 복잡함에 익숙하지 않은 나는 이 문제에 대해판단을 내리지 않는 게 좋겠다. 하지만 전국에 걸쳐 공교육의 역할과 교육혁신에 대한 새로운 논의가 되고 있다는 사실은 정말 반가운 일이다.

내 경력의 대부분은 미국 공립학교에서 이루어졌다. 나는 누구나 무상 교육을 받을 권리가 있고 이는 민주주의의 근본적 개념이라고 믿는다. 동시에한국뿐 아니라 미국 내에서도 사립 교육의 필요성이 존재한다고 믿는다.

뉴욕에서 처음으로 교장에 재직한 곳은 맨해튼에서 27km 북쪽 허드슨 강 옆에 위치한 덥스페리라는 작은 동네였다. 100년 넘은 전통 있는 학교로 이 지역 주민의 대다수는 백인이다. 그중에 아시안계는 0.09%밖에 안 된다. 그럼에도 불구하고 경험도 없는 한국계 미국인을 뉴욕주에서 처음 교장으로 임명했다는 사실을 통해 이 학교가 추구해온 IB 교육의 개방성과 국제적인 사고방식과 신념에 대한 태도를 가늠해볼 수 있다.

〈뉴스위크(Newsweek)〉(2005.05.15.)

내가 부임했던 2005년 〈뉴스위크〉지에서 발표한 미국 전체 고등학교 랭킹에서 덥스페리 고등학교는 49위를 차지했다. 2만 개가 넘는 미국 내 고등학교 중에서 이 학교가 인정을 받고 100등 안에 포함되었다는 사실은 분명

학생, 교사, 학부모와 이 지역 주민 모두 아주 자랑스러워할 일이다.

덥스페리 고등학교는 엄격한 IB 프로그램을 초창기에 도입한 뉴욕주에 몇 안 되는 공립학교이다. 현재는 전 세계 5,000여 학교에서 IB 프로그램을 채택하고 있지만, 1998년 이 학교가 처음 프로그램을 시작했을 때 IBO(스위스에 위치한 IB 공인기관)에 가입된 학교는 단 몇백 곳에 불과했다. 내 아이들을 데리고 대학 입시설명회를 다닐 때만 해도 IB 학위를 인정하느냐는 질문을 하면 입학사정관조차 IB가 무엇인지 반문했다. 그 당시 교육계에서 IB는 아직 생소한 개념이었다. 하지만 덥스페리 지역사회에서는 1998년도에 이미 IB 프로그램을 채택해서 지난 20년 동안 성공적으로 야심찬 교육에 대한 결의를 보여주고 있다.

공립학교에는 장애가 있는 학생을 포함해서 학업 성적이 우수하거나 저조한 다양한 학생이 공존하지만, 이 학교의 모든 재학생은 IB 학생이며, 학생뿐 아니라 교직원까지 IB 학습자상을 준수해야 한다고 학부모들에게 강조해서 말했다. 이 교육은 탐구하고, 지식을 갖추고, 사색하고, 소통하고, 원칙을 고수하고, 열린 사고를 갖고, 주위를 보살필 줄 알고, 위험을 감수하고, 균형을 이루며 심사숙고하는(Inquirers, Knowledgeable, Thinkers, Communicators, Principled, Open-Minded, Caring, Risk-Takers, Balanced, and Reflective) 학습자를 배양하는 데 목표를 두고 있다.

지금은 그 학교의 교장직을 은퇴했지만, 모든 학생이 최소한 두 과목을

IB 과정으로 이수해야 하는 실행 방침이 자랑스럽고 당연히 IB 전 과목을 이수한 다수의 학생은 졸업 후 미국 명문대에 합격한다. 학생들에게 최상의 교육을 제공하겠다는 결의와 의지를 겸비한 공립학교에서 그런 결실을 이루어 내고 있다. 어디에서도 가능한 일이며 이렇게 되어야 한다고 생각한다.

배우 Jesse Eisenberg와 함께 / 배우 Jesse Martin, Dennis Farina와 함께

작은 덥스페리 동네에 있는 매스터즈 학교(Masters School)은 허드슨강이 내려다보이는 높은 언덕에 자리 잡은 142년 전통을 가진 뉴욕의 명문 사립학교이다. 페이스북 창시자 마크 저커버그(Mark Zuckerberg)도 그 학교 출신이다. 또한 내가 교장으로 재직 당시, 영화 〈소셜네트워크〉에 출연한 배우 제시 아이젠버그(Jesse Eisenberg)가 100년이 넘은 덥스페리 학교 건물을 배경으로 3일간 영화 촬영을 한 적이 있다. 그것은 영화계를 지망하는 많

은 학생들이 영화제작 현장을 눈앞에서 볼 수 있는 좋은 기회가 되었고, 실제로 학생들이 그가 출연하는 영화에 엑스트라 출연 제의를 받기까지 했다.

고풍스런 학교 건물과 주위 허드슨 강변의 풍경으로 미 주류 방송과 영화 촬영지로 자주 등장하면서, 당시 미국 NBC의 인기드라마 〈법과 질서(Law and Order)〉의 배경이 되기도 했다.

뉴욕과 미 동북부지역뿐 아니라 30개가 넘는 나라의 학부모들이 매스터즈 학교에 자녀들을 보내며 학업과 기숙사 생활을 위해 연간 7만 달러란 학비를 지불한다. 그 학교에서는 과학, 수학과 언어 부분에서 우등반을 포함해서 아주 엄격한 학업과정 및 교과 외 과정을 제공한다. 또한 모든 학과 부문에서 AP 과정이 제공된다.

모든 수업이 하크니스(harkness) 방식으로 진행된다. 듣기와 말하기 능력을 개발시키기 위해 학생들의 능동적인 참여를 권장하는 토론 위주의 수업 방식이다. 이 수업을 위해 평균 수업 인원을 14명 정도로 두고 있다. 한 반에 22명에서 26명 사이의 학생 수를 배정하는 공립학교와 비교되는 부분이다.

그럼 이 지역의 일부 학부모는 왜 무상인 덥스페리 공립학교를 제쳐두고 비싼 매스터즈를 선택하는 걸까? 그만큼 비용 가치가 있다고 말하는 데는 다양한 이유가 존재할 것이다. 학생 개인의 특성에 맞추어 더 많은 관심을 줄 수 있는 소규모 수업, 교과 외 활동의 가치, 다양한 종류와 수준의 스포츠 팀, 공립학교에서는 제공할 수 없는 기숙생활 경험 등.

트럼프 대통령이 선출된 이래, 차터 스쿨(공적 기금으로 독립적으로 운영되는 일종의 대안학교)을 포함해서 사립학교의 역할에 대한 관심이 높아지고 있다. 미국의 교육부장관 벳시 디보스(Betsy Devos)는 자녀를 사립학교에 보내기 원하는 가정에 주민 세금으로 운영하는 바우처 프로그램을 제안했다.

앞으로도 공립과 사립 교육에 관한 논의는 계속 이어질 것이다. 어느 시스템이 더 나은지에 대한 명확한 답은 없다. 공립과 사립 양쪽 체제를 경험한 나의 소견으로는 서로 다른 교육방식을 보완해가면 좋겠다. 양쪽의 장점을 활용해서, 각기 다른 학생에 맞는 특성화된 교육 프로그램을 제공하는 학교가 이상적일 것이다. 언젠가는 그런 학교가 설립되기를 간절히 소망하며, 내가 바라는 이상적인 학교의 모습에 대해서 이 책의 후반부에 더 자세히 이야기하도록 하겠다.

"젊은이의 정신을 교육할 때,
그들의 마음을 교육하는 것을 잊어서는 안 된다."
"When educating the minds of our youth,
we must not forget to educate their hearts."

- 달라이 라마 (Dalai Lama)

16

모두가 국가대표

15 Minutes of Fame

"미래에는 누구나 15분 동안 유명해질 것이다."

"In the future, everyone will be world-famous for 15 minutes."

– 앤디 워홀(Andy Warhol)

나에게 15분의 명성은 〈당신이 국가대표입니다〉라는 한국 TV 프로그램에 출연해달라는 제의를 받으며 찾아왔다.

미국 내의 한인들은 어떤 분야에서 '최초'가 되었을 때 아주 자랑스럽게 여기는 것 같다. 예를 들어 국회의원에 최초로 당선된 재미한인, 할리우드 영화계에 최초로 등장한 재미한인 배우, 하버드 법대 최초의 한인 교수 등. 이런 저명한 인사들과 나를 비교할 수는 없지만, 나는 2005년도에 뉴욕에서 최초로 미국 고등학교의 한인 교장이 되었다.

당시 재직 중이던 학교에 몇 명 안 되는 한인학생이 있었는데, 마침 그중 한 학부형이 한국에서 기자로 활동하셨다. 그 학부형은 자신의 아들이 다니는 학교에 차기 교장으로 한국인이 부임한다는 소식을 전해 듣고 이에 대한 기사를 써서 한인 지역사회에 알렸다. 이 소식이 한국 MBC 제작자에게 알려졌고, 뉴욕에서 일하는 모습을 취재하고 싶다는 연락을 받았다.

이 프로그램에서 특히 좋았던 것은 내가 생물교사로 재직할 당시의 학생을 다시 만나게 된 점이다. 1990년도에 졸업하기 전, 한인 학생회의 회장직을 맡았던 제자가 출연해서 나에 대해 말하는 게 아닌가. 그는 한인 최초 수석 졸업으로 졸업연설을 하고 하버드에 입학한 명석한 제자였다.

TV 출연 경험은 대부분 좋은 기억으로 남지만, 한 가지 내가 이해할 수 없었던 부분이 있다. 사회자가 나를 소개한 후에 나는 다른 출연자들과 비교해서 국가대표가 될 자격이 있는지를 심사위원들에게 판단받는 심판대에 올랐다. 아주 잠깐이지만 당황스러웠다. 7,000마일을 날아서 뉴욕에서 왔는데 TV 출연 후 국가대표 자격 없이 돌아갈 수도 있다니….

이런 식의 평가는 다른 사람들과 비교해서 판단하는 한국 교육계에 만연한 상대평가의 아주 적절한 예이다. 나는 상대평가에 대해서 확고하게 반대 입장이다. 우리가 경쟁사회에 살고 있지만, 타인과 비교해서 공동체에 어떤 기여를 하고 있는지를 판단하는 것은 가치 없는 일이라고 생각한다.

MBC 〈당신이 국가대표입니다〉(2011)

〈당신이 국가대표입니다〉

TV 및 미디어가 청소년들에게 끼치는 영향력이 걱정스럽다. 미디어에서는 누가 더 똑똑하고 누가 더 노래를 잘하는지 겨루는 프로그램이 끊이지 않고 대중의 관심을 받고 있다. 경쟁 자체가 좋지 않다는 것이 결코 아니다. 선의의 경쟁은 동기유발을 일으키고, 혁신과 창의성을 증대하는 결과를 가져오기도 한다. 또한 단체활동에서 타인을 존중하고 고려하는 태도를 키워주기도 한다. 그러나 기억하자. 우리 모두는 여러 면에서 국가대표이다!

"당신이 어떤 사람이든, 우리는 모두 국가대표다."
"No matter who you are, we are ALL 국가대표."

17

내 인생을 바꾼 순간들

The Greatest Hits

재미 한인 학부생들의 연합회(KASCON)로부터 예일대에서 강연을 해 달라는 요청을 받았다. 이 단체는 미 전 지역에서 한인 교포 지역사회의 차 세대 지도자를 양성하기 위해 다양한 활동을 펼치고 있다. 나는 가족과 함 께 행사에 참여했는데 차세대 한인 사회를 이끌어갈 주역을 만나게 되어 큰 영광이었다. 다음은 그날의 연설 내용이다.

예일대학교 주최로 열린 25주년 KASCON 로고

〈내 인생을 바꾼 순간들(The Greatest Hits)〉(2011. 3. 19)

먼저 이런 좋은 행사에 연설을 하게 되어 영광이며, 이 행사를 위해 수고해주신 분들께 감사를 드립니다. 25년 전 큰 비전을 가지고 컨퍼런스를 기획했던 창립 멤버들에게도 아낌없는 찬사를 보내고 싶습니다. 미국 내 거주하는 한인 교포들이 모여 한인 공동체가 직면한 현안을 논의하고 미 전역에서 활동하는 한인들의 성공담을 듣는 것은 매우 중요하다고 생각합니다.

'내 인생의 순간들, 우리의 나아갈 길'이란 주제로 강의를 요청받았을 때, 학생들이 숙제를 미루는 것처럼 저 또한 계속 미루게 되더군요. 대학 입학을 앞둔 아들이나 고등학교 재학 중인 딸에게 과제를 미루지 말고 바로 하라고 누누이 강조해왔는데, 저도 다른 학생들과 다를 바가 없더라고요.

이번 컨퍼런스 주제에 맞추어 저는 오늘 크게 2가지 이야기를 하려고 합니다. 첫 번째는 재미 한인교포로서 미국에서 성장해온 저의 경험이고 두 번째는 재미한인교포에 대한 전반적인 제 생각과 지역사회뿐 아니라 좀 더 나아가 전 세계 공동체 안에서 여러분 같은 젊은이들이 영향력을 행사할 수 있는 방법에 대해 이야기하고 싶습니다.

사실 저의 두 아이가 오늘 제가 하려는 이야기 주제와 많은 관련이 있습니다. 작년에 막을 내린 미국 드라마 〈로스트(LOST)〉를 많이들 보셨을 텐데요. 지난 6년 동안 ABC 방송국에서 방송되면서 시청률 상위를 기록하고 비평가들의 호평을 받았지만, 사실 저는 한 편도 보지 않고 있었거든요. 그런데 몇 달 전에 아이들이 적극 추천하더군요.

지난 몇 달간, 저는 일 마치고 집에 와서 틈나는 대로, 주말에는 열일 제쳐두고 넷플릭스 화면에 붙어 지냈습니다. 여러분의 부모님도 한국 드라마 열심히 보시죠? 한국 드라마에 중독되는 것처럼, 저는 이 드라마의 복잡 미묘하면서도 철학적이고 영적인 세계까지 다루는 이야기 전개에 푹 빠져버렸습니다. 이 드라마를 보는 내내 인간의 자유 의지, 운명, 죽음, 공동체, 인생 등의 의미에 대해 생각해보며 저의 삶을 돌아보게 되었습니다.

제가 왜 드라마 이야기를 하고 있을까요? 이번 'KASCON'의 주제와 관련이 있기 때문입니다. 드라마의 주인공 찰리(Charlie)는 다른 친구들을 구하려고 자신의 목숨을 희생하기 바로 직전에 글을 쓰기 시작합니다. 록스타였던 그는 생애 중 가장 빛났던 5번의 위대한 순간에 대해 이런 제목을 붙입니다. '가장 위대한 순간(The Greatest Hits)'.

제 이야기를 들으면서 여러분 자신에게 질문을 던져보시기 바랍니다. 여러분 인생에서 가장 위대한 순간은 언제였나요? 삶의 여정을 바꿔놓은 중요한 시기에 대해 생각해보십시오. 어떤 학생들은 예일대에서 합격 통지서를 받은 날일 수 있고, 어떤 학생들은 자신이 좋아서 하던 일로 상을 받던 날일 수도 있겠지요.

여기 있는 대부분은 아직 젊은 세대로 한두 가지 정도밖에 떠오르지 않을 수도 있습니다. 만약 드라마 주인공 찰리처럼 타인을 위해 자신을 희생하기 전에 기록을 남겨야 한다면 어떤 일들이 있는지 꼭 생각해보시기 바랍니다. 그 장면을 보면서 저는 제 삶을 돌아보고 어떻게 지금 여러분 앞에 서게 되었는지 생각해보았습니다.

1. 1973년 미국에 오다

첫 번째 순간은 바로 미국에 오던 날입니다. 나의 아메리칸 드림은 1973년 워싱턴 주 시애틀에서 시작되었습니다. 약간 흐리고 습한 가을날이었는데, 부모님이 그 여행을 위해 특별히 사주신 양복을 입고 찍은 사진을 볼 때마다 그 여행이 얼마나 중요했을지 짐작해봅니다. 어린 자녀들이 걱정할까 봐, 부모님은 출발 며칠 전에야 우리에게 알려주셨답니다. 그때는 왜 한국을 떠나 외국에서 살아야 하는지 이해하지 못했습니다. 더군다나 가족 중 아무도 영어를 잘하지 못했거든요. 미국으로 온 이유가 경제적 풍요로움 때문이기도 하겠지만, 더 중요하게는 교육환경 때문이라는 것을 나중에 깨달았습니다.

2. 1980년 한국에 돌아가다

두 번째 순간은 고등학교 졸업 후의 모국 여행이었습니다. 1980년에는 인천공항이 생기기 전이어서 김포공항에 도착했습니다. 방금 미국에 오는 것이 의미심장하다고 말했는데, 이제 한국으로 돌아가는 게 중요한 순간이 되었습니다. 제가 한국계 미국인으로서 정체성을 찾고 내 삶의 진로를 바꾼 계기가 바로 그 여행이었기 때문입니다.

이민 초창기의 기성세대가 생존에 매달려야 했던 것처럼, 저는 알파벳부터 배워가면서 수업을 따라가기 위해 중고등학교 내내 학업과 영어에 몰두했습니다. 외모만 동양인일 뿐, 미국의 전형적인 10대처럼 말하고 행동했습니다. 그것이 좋거나 나쁘다고 말하는 것이 아닙니다. 이민을 오고 처음으로 한국에 가기 전까지 저는 정체성에 대해 전혀 생각해본 적이 없었습니다.

40년 가까이 흘렀지만 김포공항에 도착한 그날의 기억이 아직도 생생합니다. 장마철이라 덥고 습한 여름날이었습니다. 부모님 댁까지 가면서 차창 밖을 바라보았는데, 저는 놀라움을 감추지 못했습니다. 가장 먼저 눈에 띄는 것은 거리를 활보하는 한국 사람들이었습니다. 말로 표현하기는 어렵지만, 평생 기억나는 순간 중 하나입니다.

창밖으로 보이는 사람들은 모두 검은 머리에 비슷한 이목구비를 가지고 있었는데, 우습게 들릴지 모르지만 그들은 모두 한국인이었습니다. 백인이나 히스패닉계 또는 흑인은 한 명도 보이지 않았습니다. 저는 한국이 단일민족이라는 말을 실감했습니다. 지금과는 대조적으로 1980년 초만 해도 이태원이나 백화점에 가지 않는 한, 외국인을 보기는 어려웠습니다.

저에게 모국 방문은 신세계였습니다. 저와 부모 그리고 조부모가 태어난 그곳이 모국임을 몸소 느꼈습니다. 그해 여름 처음 먹었던 음식(순두부찌개 같이 어렸을 때 먹어보지 못한 한국 음식), 처음 접하게 된 한국 대중음악, 옛 초등학교 친구들과의 재회 모두 기억에 남지만 가장 소중한 경험은 한국 사람들의 문화와 전통을 체험한 것으로, 내가 누구이며 어디서 왔는지를 파악하는 데(직역하면 '거울 속의 내 모습을 어떻게 바라보느냐에') 깊은 영향을 끼쳤습니다.

미국으로 돌아온 후, 저는 워싱턴 대학교의 한국 클럽에 가입했습니다. 한국인 친구들과 한국말로 말하기 시작했고, '미국인 10대' 청소년에서 한국계 미국인으로 차츰 변해갔습니다. 학창시절 내내 자신이 누구인지 전혀 모르고 살다가, 1980년 그 여행 후에 저의 정체성을 발견했고 남은 인생을 어떻게 살고 싶은지에 대해 생각하기 시작했습니다.

3. 고향 시애틀을 떠나 뉴욕에서 교사가 되다

제 삶에서 가장 중요한 순간 세번째는 대학을 졸업한 직후였습니다. 저는 미생물학을 전공했고 한동안 한국 의과대학 진학을 생각했지만 그 계획은 성공하지 못했습니다. 그 후 4~5개월은 어떻게 무엇을 해야 할지 몰라서 방황했습니다. 직업도 없고, 장래에 대한 확실한 계획도 없고, 매일 밤 친구들과 어울려 시간을 허비했습니다. 어떤 면에서는 가족을 위해 모든 것을 희생하신 부모님께 죄책감을 느꼈습니다.

그 후 큰 결심을 했습니다. 얼마 안 되는 돈으로 시애틀에서 뉴욕까지 편도 티켓을 샀습니다. 제정신이 아닌 행동으로 보였을 겁니다. 떠나기 바로 전날 부모님께 말씀드렸더니 아버지는 너무 속상해하시고 어머니는 계속 울기만 하시더군요. 갑작스런 소식을 듣고 부모님은 제게 며칠 뉴욕 관광을 하고 돌아오라고 하셨습니다. 하지만 그날이 제가 부모님과 한 집에서 산 마지막 날이 되었습니다.

막상 라과디아 공항에 도착하자, 잘 곳도 갈 곳도 없었습니다. 뉴욕에 아는 사람이 한 명도 없어서 며칠 동안 공항에서 지냈습니다. 그리고 대학가 근처에 가면 일자리와 싼 하숙을 구할 수 있다는 희망으로 사우샘프턴으로 향했고, 마침내 그곳에서 대학원을 마치고 교사직을 얻을 수 있었습니다.

4. 다시 한국에 가다

지금부터 5개월 후에 제 인생에서 중요한 네 번째 순간이 기다리고 있습니다. 미래에 일어날 일들을 예측하긴 힘들겠죠. 〈뉴욕타임스〉를 통해 엄청난 기회를 발견했습니다. 영국의 명문 사립학교가 한국의 제주도에 새로운 국제학교를 설립하는데 교장단을 채용하는 공고였습니다. 한국 정부에서 대규모의 영어교육도시를 계획하고 있는데, 저는 그중 제일 먼저 시작하게 될 영국 국제학교의 초등학교 교장으로 임명되었습니다. 저희 가족 모두 설렘과 기대로 새로운 여정을 준비하고 있습니다.

5. _____?

그다음 순간은 사실 저도 잘 모릅니다. 며칠 전 '다르게 생각하라(Think Different)'는 제목의 유튜브 영상을 보았는데, 이런 광고가 나옵니다.

"킹 박사, 간디, 리처드 브랜슨, 아인슈타인, 존 레논. 그들은 세상을 바꾸고 인류를 앞으로 나아가게 했다. 몇몇은 그들을 미친 사람으로 볼지 모르지만 우리는 천재로 본다. 왜냐하면 자신이 세상을 바꿨다고 생각할 만큼 미친 사람들이 세상을 바꾸기 때문이다."

집을 떠나 뉴욕으로 향할 때, 부모님은 제게 미쳤다고 하셨습니다. 멀쩡한 정신으로 주머니에 단돈 300달러를 가지고 갑자기 집을 떠날 수 있는 사람은 많지 않기 때문입니다. 그리고 지금 어떤 사람들은 저를 다시 미쳤다고 합니다. 평생 직장과 높은 보수를 보장받는 교장직을 내려놓고 새로운 길을 가겠다고 하니 말입니다. 하지만 제가 그렇게 하는 이유는 다음 여정에서 내가 변화를 일으킬 수 있는 가능성이 보이기 때문입니다. 5번째 순간은 아직 일어나지 않았지만 의미 있고 멋진 순간일 거라 기대하며, 제가 여기 미국뿐 아니라 고국에 있는 한국인들에게도 도움이 되기 바랍니다. 미국과 한국을 오가며, 다른 문화를 경험하면서 한국계 미국인으로서 성장한 것이 정말 행운이라고 여깁니다.

"나는 역사를 기록하려 하므로 역사는 내 편이다(History will be kind to me for I intend to write it)."라는 윈스턴 처칠의 말을 빌려서 끝을 맺고자 합니다. 여러분 모두가 다르게 생각하고, 미친 행동을 하고, 삶의 순간을 소중히 여기고, 큰 꿈을 꾸고, 옳은 일을 하며, 현재 일어나는 모든 기회를 활용해서 한국인 공동체뿐만 아니라 세계 공동체를 향상시키는 데 동참하기 바랍니다. 감사합니다. 여러분 모두의 삶에 행운이 가득하길 바랍니다.

1. Coming to America in 1973

The first greatest hit for me was the day when I came to America. My Korean-American dream began on September 29, 1973. I remember being a little cloudy and damp autumn day in Seattle, Washington. Besides the weather, I still remember wearing a suit that my parents specifically bought for the trip. I was 11 at the time, but for some reason my parents wanted me to wear a suit. Every time I look at the old photo of me wearing that suit, I wonder about how important this trip must have been for my parents. Imagine a little boy taking over a 20-hour flight wearing a suit! I was in the sixth grade at the time when my parents told me that we are going to America. I think to keep us from worrying too much, my parents told us about the trip only a few weeks before the departure date. At the time, I didn't comprehend the significance of the trip nor did I understand why my father decided to leave Korea and take us to a foreign country to live, especially when no one in the family spoke English. Of course, later on, I realized that my parents came to the US not only for the purpose of economic prosperity but more importantly, to provide me and my siblings with better educational opportunities.

2. Return to Korea in 1980

The second greatest hit was my return trip to Korea after graduating from high school. It was the summer of 1980 and it was before Incheon airport so I landed at Gimpo airport. Some of you may wonder... you just talked about coming to America as being significant, how is it now going back to Korea a significant moment? Well, it was this trip that determined who I am as a Korean-American and changed the course of my life and how I became an educator.

Because I came to this country without knowing the alphabet, I was literally in a total immersion class and I think I just learned how to speak and write out of necessity. Throughout my Middle and High School, I would say, other than my outward appearance, I acted, talked, and behaved like a typical American teenager. I am not saying that was good or bad, it's just that I never thought about my identity until I went to Korea for the first time in the summer of 1980. I was 18 years old at the time.

Although it has been almost 40 years, I still have vivid memories of that day when I arrived at Gimpo airport. It was a typical hot and humid summer day during the monsoon season in Korea. My taxi ride to my parent's home in Yongsan was about an hour drive. One of the first things that I noticed as I looked outside the window was all the people walking in the streets of Seoul. It was one of those "a-ha! moments" and it's hard to describe in words but it was one of those moments that you will remember for the rest of your life.

When I looked out the window, all the people that I saw looked just like me with black hair and similar facial features. It may sound funny, but they were all Koreans. I mean I did not see a single black person,

Caucasian or Hispanic- nothing, zero. I mean the country was 100% Koreans – yes, I am kind of exaggerating but this was 1980 and unless you went to places like Itaewon or major department stores like Lotte, it was hard to see any foreigners.

This realization that I was in my motherland, the place where I was born, a place where my parents, and my grandparents, and so on were born was in a way a revelation. For a variety of reasons, I felt a connection with the country. Everything that I experienced that summer made sense to me- the food that I enjoyed eating, type of music I listened to, finding and reconnecting with my old elementary school friends, but most importantly the history, culture, and traditions of the Korean people had a profound impact on how I looked at myself in the mirror from that point on.

Immediately after I came back from that trip, I began my college experience. I joined the Korean Club of the University of Washington and started talking more Korean with my friends, and pretty much made a transformation from being an "American teenager" to becoming a Korean-American. For a number of years while in middle and high school, I had no idea who I was and then after that trip in 1980, I found my true identity and started to think about what I wanted to do with the rest of my life.

3. Leaving my hometown Seattle and coming to NYC
   and becoming a teacher

The next big moment came right after I graduated from college. I majored in Microbiology and for a while I thought about going back to Korea and entering a medical school, but that plan never worked out so for about 4-5 months, I just simply didn't know what to do with myself. No job, no solid plans for the future, nothing other than just hanging out with my buddies every night. In some ways, I felt guilty to my parents who sacrificed everything for me and my siblings.

Then, I decided to do something crazy. With what little money I had, I decided to buy a one way ticket from Seattle to NY. I still remember the night when I told my parents. The night before the flight right after dinner I told my parents I had something to say. My father was really upset and of course my mom couldn't stop crying. After the initial shock, my parents just simply said you are crazy and told me to come back in a few days after all the sightseeing in New York City. Well, I never went back.

I don't know if you could call it homeless, but when my plane landed at LaGuardia, I had nowhere to go. I did not know a single soul in New York, no friends, not even acquaintances. I actually ate and slept at the airport for a couple of nights before ending up in Southampton, New York where I worked as a bellboy at a hotel while going to graduate school to become a teacher.

4. Return to Korea

The next significant moment in my life is going to happen in about five months from now. No, I am not one of those people who can tell what's going to happen in the future. A tremendous opportunity just presented itself to me as I was reading the Sunday NYTimes. Talk about fate and destiny, it just happened that I saw this ad one Sunday morning. It was an advertisement from one of the best private schools in all of England. They are planning to build a brand new international school in Jeju Island in Korea. After a little research, I found out that the Korean government is planning to build a Global Education City on Jeju Island where only English will be spoken. It is a huge project where they hope to establish the next Hong Kong or Singapore in Asia. So I applied for one of the positions and I have been selected as the Head of the Junior School. My family and I are very excited about this opportunity and we look forward to the next chapter in our lives.

5. _____?

So what is the fifth and the last Greatest Hits? Well, the short answer to that is, "I don't know yet."

Like many people around the world, I was watching a Youtube video a couple of days ago and I happened to come across an old Apple commercial that some of you may have seen. If you have not, you should check it out. It is titled, "Think different."

The commercial says the following: "Dr. King- troublemaker, Ghandi – not fond of rules, Richard Branson, Einstein- crazy, John Lennon- no respect for the status quo... They changed things, they pushed the human race forward... While some may see them as the crazy ones, we see geniuses. Because people who are crazy enough to think they've changed the world are the ones who do."

If you remember, I told you that my parents told me that I was crazy when I told them I was leaving home to come to NY, well someway I too was crazy. How many people would just simply leave behind your home, family and friends and go to New York City all of a sudden without any thought out plan with only a few hundred dollars in your pocket?

And now some people are calling me crazy again to give up my job as a tenured High School principal making $165,000/year in a great school district in Westchester County, earning one of the highest principal salaries in all of NYS. Why am I doing this? Maybe it is because I see possibilities, a new chapter in my life where I could make a difference. I told you earlier about my four greatest hits, well my fifth one is yet to be written. I am not sure what that moment would be, but it is something that I hope will be fascinating and will serve and benefit the Korean community not only here in America, but also our fellow Koreans back in our homeland.

I truly have been very fortunate growing up as a Korean-American knowing and experiencing two different cultures. I want to encourage all of you to think differently, be crazy, cherish life's moments, dream big, do something great, and embrace everything that happens in the present as an opportunity and use it to improve not only our Korean-American community but the world community.

In summary, my fifth and final greatest hit is yet to be written. I am not sure what that will be, but I am confident that it will be exciting, meaningful, and something wonderful. Thank you and best of luck to all of you.

내가 대학생들에게 이 연설을 한 지 9년이 지났다. 나는 지금 그들이 어디에 있든지, 자신이 속한 공동체에 기여하면서 꿈을 추구하고 세상을 변화시키고 있다고 확신한다.

"당신을 바꾼 위대한 순간은 언제인가?"

"What are your Greatest Hits?"

18

뉴욕타임스 일요일판
Sunday New York Times

2010년 5월 3일자 〈뉴욕타임스〉가 내 일상을 완전히 바꾸어놓았다. 일요일 아침마다 여유 있게 커피를 마시며 〈뉴욕타임스〉를 읽는 시간은 나에게 항상 커다란 즐거움을 준다. 일요일판은 주중과 다르게 예술, 스포츠, 여행, 교육 사설 등의 특집면이 더해져 두께가 10cm에 가까운 분량이 나올 때도 있다.

내가 가장 관심이 가는 기사들은 당연히 교육면이다. 당시 나는 한인 학생들이 거의 없는 백인 지역사회에 있는 공립학교 교장으로 부임한 지 5년 차였다. 많은 사람들은 거액의 연봉과 뉴욕에서 최초의 아시안계 교장이란 타이틀로 부족할 게 없고 행복할 거라 생각한다.

하지만 타인의 부러움과는 정반대로, 나는 몇 달 동안 우울증 약을 복용 중이었다. 아마도 흔히 말하는 중년의 위기를 겪은 듯하다. 뉴욕대학교에서 두 번째 석사 학위를 받은 이래, 나의 목표는 미국 고등학교 교장이 되는 것이었고 그 목표를 위해 밤낮없이 학교 일에만 매진해왔다. 그런데 그 목표를 달성하고 나니 나 자신에게 다른 의구심이 들기 시작했다.

'아, 이게 내가 그토록 바라던 것이었나? 이제 정년보장도 받았으니 좀 편하게 일해도 되는데, 이제 뭘 더 바라는 거지? 내가 여기서 더 할 수 있는 일이 있을까?'

나는 도전할 만한 가치가 있는 또 다른 목표가 절실히 필요했다. 안정되고 좋은 위치에 있으면서도 내면에서는 다른 무언가를 갈망하고 있었다.

그러던 중 〈뉴욕타임스〉 교육면을 보다가 한 광고가 눈에 들어왔다. 제주도 영국계 국제학교에서 초대교장을 모집한다는 공고였는데 이것이 나를 완전히 바꿔놓을 줄은 그 당시 예상하지 못했다.

처음에는 그 광고를 보고 의아했다. 내가 기억하는 제주도는 한국 남쪽에 있는 관광지로 유명한 가장 큰 섬 정도인데, 그런 제주도에 국제학교가 설립된다는 건 믿기 힘든 사실이었다. 인터넷에 검색을 해보고서야, 제주국제자유도시 개발센터라는 정부산하기관에서 조기 해외유학 대안책으로 국제교육도시라는 이름으로 몇 개의 국제학교를 설립하는 중이라는 것을 알게 되었다. 오랜 이민생활 중에도 고국에 돌아가고 싶은 마음은 늘 끊이지 않았는데, 나에게 정말 좋은 기회가 아닐 수 없었다.

지원서를 작성하면서, '영국학교에서 초대교장으로 한국계 미국인을 선임할 리가 없겠지?' 하며 별 기대를 하지 않았다. 그런데 놀랍게도, 노스 런던 컬리지에잇 스쿨(North London Collegiate School, NLCS)에서 뜻밖의 반응이 왔다. 뉴욕에서 런던 히스로 공항까지 비즈니스석 항공편을 보낼 것이니 면접을 보러 오라는 초대장이었다. 3일간의 인터뷰에 초청된 것만으로도 무척 기뻤다. 영국에서 손꼽히는 명문 사립학교에 직접 가서 교육의 현장을 보는 것도 나에게는 흥미로운 경험이기 때문이다.

3일간의 면접은 고된 일정도 있지만 신선한 충격이었다. 지금은 고인이 된 NLCS의 교장 버니스 맥케이브(Bernice McCabe)를 처음 만났을 때 가장 감동한 부분은, 그 학교의 IB 시험 평균성적이 우수하거나 매년 35~40%의 졸업생이 옥스포드나 아이비 대학들을 진학한 점이 아니었다. 성공적인 학교가 학생들의 삶을 어떻게 변화시킬 수 있는지에 대한 교장의 교육 철학과 열정에 깊은 감명을 받았다. 그녀는 기초를 다지는 데 초점을 두고 무한한 가능성에 영감을 줄 수 있는 교육방식의 중요성과 변화를 가능케 하는 교육의 힘을 강조하셨다.

NLCS를 상징하는 타워와 뒤로 보이는 한라산

하루 일과가 마무리되는 시점에서 하는 교과 외 활동의 일부로, NLCS에서는 '소사이어티스(societies)'라고 명칭하며 미국에서는 'after school academic clubs'이라고 부르는 활동이 있다. 바로 방과 후 스터디 클럽이다. 기본적으로 학업에 관련된 소사이어티스는 학생들이 다른 학생들과 교사들을 대상으로 토론, 세미나 및 발표회를 주관한다.

당시 경제분야를 맡고 있는 한 졸업반 학생이 대학 교수를 초빙해서 경제학에 관한 주제로 토론을 하는 걸 듣게 되었는데, 풍부한 지식을 갖추고 열정적으로 토론하며 진행하는 그 학생을 보고 놀라지 않을 수 없었다. 수많은 학생을 만났지만, 그렇게 자신감 있는 태도로 조리 있게 말하는 학생은 보기 드물기 때문이다.

이런 교육을 제공하는 학교에 나는 합류하고 싶었고, 그리워하던 한국에서 내 꿈을 실현할 수 있다는 희망에 설렜다. 그 후로 나를 한동안 괴롭히던 우울증이 조금씩 없어지기 시작했다. 목적이 뚜렷하고 의미를 찾을 때 우울감이 끼어들 틈이 없어진다고 했는데 맞는 말 같다.

내 희망사항이 이루어지는 것으로 끝맺으면 좋겠지만, 나는 그 위치에 오르지 못했다. 맥케이브는 내가 강력한 후보자였다고 하면서 관심이 있으면 몇 달 후에 있을 초등학교 교장 채용에 지원할 것을 권유했다. 기다려온 초등학교 교장 모집 광고를 보고, 나는 즉시 지원했고 다시 런던으로 면접을 보러 갔다. 이번에는 비즈니스 좌석이 아니었지만, 나는 두 번째 NLCS 방문에 여전히 흥분을 감추지 못했고 결국 초등학교 교장직을 맡게 되었다.

"신문 읽는 것을 잊지 말자.

무엇을 놓칠지 모른다."

"Don't forget to read the newspapers,

you never know what you might miss!"

꼬리뉴스 뉴욕펼진 미국펼진 한국펼진 세계펼진 전문펼진 사진펼진 열린기자 Kor-Eng

뉴욕주 최초 아시안교장 이기동씨 한국 부임

글쓴이 : 민지영 날짜 : 2011-06-20 (월) 14:19:12

뉴욕주 공립고 최초의 아시안 교장으로 잘 알려진 이기동 씨(미국명 Keith Yi 49)가 한국에 부임(赴任)한다.

이기동 교장은 오는 9월 제주 서귀포에서 개교하는 영국의 명문사립교 노스 런던 스쿨(NLCS)의 교감으로 부임할 예정이다. 정식 명칭이 노스 런던 칼리지앳 스쿨(North London Collegiate School)인 이 학교는 1850년 개교한 영국 최고 사립교중 하나로 유치원부터 초중고 과정까지 갖추고 있다.

졸업식을 마치고 학생들은 물론, 학부모와 교사들은 이 교장과 포옹하며 작별을 아쉬워하는 모습이었다. 특히 몇 명 되지 않는 한국 학생들은 섭섭한 기색이 역력했다. 이 학교 10학년에 재학중인 노윤선 양은 "한국 아이들이 별로 없는 미국 학교에서 교장선생님이 한국 분이어서 정말 자랑스러웠다. 좀 더 계셨으면 좋았는데 슬프다"고 서운함을 감추지 못했다.

덥스페리 고등학교 졸업식

‖ 뉴욕과 제주 사이   **139**

PART III

학부모와 학생들에게 하고 싶은 이야기

19

아이의 첫 번째 선생님

Child's First Teacher

"부모는 아이의 첫 번째이자 가장 중요한 선생님이다(Parents are a child's first and most important teacher)."

나의 교육철학은 학생이었을 때부터, 교사가 되고 부모가 되면서 오랫동안 형성된 것이다. 30여 년간의 경험은 지금의 내 모습을 갖추게 해주었을 뿐 아니라 더 중요하게는 나를 두 아이의 아빠로서 성장시켜주었다.

부모는 자녀의 처음이자 가장 큰 영향력을 끼치는 선생님이다. 내 경우는 유아기에서 사춘기까지 자녀들의 성장과정을 지켜보면서 완전히 새로운 관점을 갖게 되었다. 내 교육철학과 아이들을 가르치는 방법의 중요성은 부모의 경험을 통해 더 구체적이고 명확해졌다.

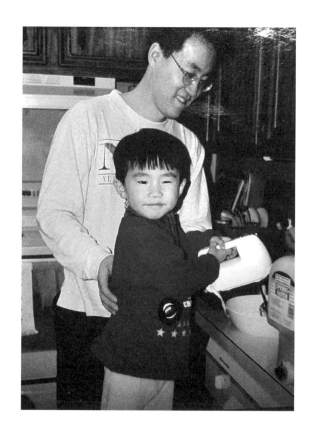

아들과 함께 쿠키를 만드는 모습

　서점에 가면 자녀 양육법을 제안하는 책들을 쉽게 볼 수 있다. 태교에 유익한 모차르트 음악을 듣는 것부터 방목형 프랑스 엄마들의 자녀교육법에 대한 안내서까지 다양하다. 그러나 아내나 나는 한 번도 자녀양육에 관한 서적을 사 읽지 않았던 것 같다. 또한 아이들을 키우는 데 다른 사람들의 조언이 필요하다고 느낀 적도 없었다.

왜냐하면 양육법은 교육법과 마찬가지로 각 가정이 처한 환경, 관습, 가치관과 아이의 성격에 따라 달라져야 한다고 믿었기 때문이다. 따라서 어떤 자녀 양육서가 인기가 있다고 해서 책 내용을 그대로 나의 가정에 적용하는 것은 최선이 아니라고 생각했다.

하지만 부모와 교육자로서 내가 반복해서 강조하는, 모든 가정에서 활용할 수 있는 한 가지 양육법은 바로 책 읽기이다. 간단하고 상식적인 이야기로 들릴 수 있겠지만, 아이들은 독서를 통해 이해력을 키울 수 있고 글쓰기 훈련에도 큰 도움을 받을 수 있다.

아이가 첫돌을 지내고 난 후 손꼽아 기다리게 되는 시간 중 하나는, 잠자리에 들기 전에 책을 읽어주는 것이었다. 아이들이 더 많은 책을 읽게 하려면 자녀가 관심을 보이는 책들을 보여주는 것이 가장 좋다. 아이가 책을 읽을 수 있게 되자 우리 부부는 시간이 날 때마다 미국의 대형 체인 서점 '반스앤노블(Barnes and Noble)'에 갔다.

어떤 부모는 아이에게 책을 선택할 기회를 주지 않고 인터넷이나 홈쇼핑에서 대량으로 책을 구입하는데, 이는 아이들의 호기심을 자극하는 데 별 도움이 되지 않는다. 스스로 책을 고르게 하고 읽고 난 후에 이에 대한 의견을 물어보는 것은 아이의 생각을 정리하는 데 도움이 된다.

우리 가족은 따로 독서시간을 정해놓지는 않았지만, 아이들은 어릴 때부터 자연스럽게 한두 권씩 책을 가지고 다니며 취침 전에나 여행을 가서도 시간이 나는 대로 읽는 습관을 갖게 되었다. 아이들이 성장하면서 본인에게 맞는 책에 관심을 가질 수 있도록 정기적으로 뉴욕타임스 베스트셀러 리스트를 보고 권유해주었다.

NLCS 제주의 초등학교 교장으로 부임하면서 제일 먼저 시작했던 프로그램 중 한 가지가 바로 학생과 교사들이 일정 시간을 독서에 전념하는 데 할애할 수 있도록 권장하는 방법인 'DEAR'(Drop Everything and Read: 모든 걸 내려놓고 책 읽기)였다. 연령대에 적합한 추천도서 목록을 웹사이트에서 쉽게 찾을 수 있다. 자녀들의 평생 좋은 자산이 되는 독서의 습관을 키워줄 수 있는 기회를 놓치지 말기 바란다.

소아의학과 교수인 서스킨드(Suskind) 박사는 『아이의 뇌를 형성하는 3천만 개의 단어(Thirty Million Words: Building a Child's Brain)』라는 책에서 다음과 같이 말한다.

"학업성과가 우수한 학생과 그렇지 않은 학생의 차이는 뇌 발달 형성의 최적기인 생후부터 3년 동안, 부모님이나 아이를 돌보는 사람으로부터 3천만 개의 단어를 듣고 자랐는지에 기인한다. 아이들이 태어나면서부터 똑똑한 것이 아니다. 부모님에 의해 현명하게 자라나는 것이다."

그러면서 저자는 'Tune In, Talk More, Take Turns'의 3단계 프로그램을 제안하고 있다. 'Tune In'은 아이의 행동을 관찰한 후 함께 앉아서 하는 행위를 말하며, 'Talk More'는 아이에게 더 많이 말하고 주변의 단어들을 더 많이 묘사해주면 어휘력이 증대되는 것을 뜻하며, 'Take Turns'란 답이 정해져 있지 않은 질문에 아이가 대응하도록 격려하는 것을 의미한다. 저자는 이런 과정이 훗날 문제해결 능력으로 이어질 수 있는 사고방식을 키워준다고 확신한다.

자녀가 책을 읽도록 권장하는 것과 더불어, 부모가 책을 읽는 모습을 자녀에게 보여주는 것은 아주 중요하다. 책 읽기에 관심이 없는 부모가 자녀에게만 책 읽으라고 말하는 것은 좋은 본보기가 아니다.

"독서는 자녀에게 줄 수 있는

가장 큰 선물이다."

"Reading is the greatest gift

that you can give a child."

20

가족에게 보내는 편지

Letters to Family

카카오톡이나 페이스북으로 즉각적인 소통이 가능한 시대에, 가족이나 친구들에게 언제 손편지를 썼는지 생각해보기 바란다. 아이들이 글을 읽기 시작하기 전부터 나는 가족에게 편지를 쓰기 시작했다. 매일 볼 수 있는 가족에게 편지를 보내는 것이 좀 어색할 수 있지만, 말로 직접 표현하지 못하는 부분들을 편지로 소통할 때, 가족 간의 유대감이 돈독해지니 한번 시도해보기 바란다. 그 후로 우리 가족은 힘든 일이나 기쁜 일이 있을 때 편지로 소통하는 것이 일상이 되었으며, 아이들은 다음 편지를 기다리기도 한다. 단순히 내가 느낀 감정을 끄적거리기도 하고, 어떤 생각이 떠오르면 그것을 가족과 나누기도 한다.

다음은 제주국제학교가 시작하기 전날 가족에게 보낸 편지이다.

사랑하는 가족에게,

아빠는 오늘 2번이나 울었다.

오늘 아침, 기숙사에 학생들이 도착하기 전에 전 직원이 모였지. 첫 수업을 하루 앞두고 총교장이 4명의 부교장에게 갑자기 몇 마디 하라는 거야. 지난 몇 주간 문제가 많았지. 기숙사는 준비가 안 되어 있고, 컴퓨터나 물품은 제때 오지도 않고, 학교 건물은 청소도 안 되어 있고… 많은 교사들이 이 부분을 책임지기로 한 행정팀과 업체에 불만을 품고 있었지. 부교장들은 교사들이 잘 참아준 것에 감사하다고 간단히 말을 끝냈어.

내 차례가 왔을 때, 어젯밤 학생들을 맞이할 생각에 잠을 설쳤다는 말로 시작했지. 공식 수업은 월요일이지만, 오늘 처음으로 학생들을 만나는 날이거든. 골프 시작할 때 티샷을 하려고 올라서면 흥분되기도 하고 떨리기도 한 느낌 같다고 말했지. 2년 전 캘리포니아 갔을 때 기억나지? 페블비치 골프장에서 너희에게 했던 말 생각나? "내가 본 것 중에 가장 아름다운 풍경이야. 내가 죽거든 페블비치가 바라다 보이는 태평양에 내 재를 조금 뿌려주면 좋겠다." 갑자기 그 느낌이 떠오른 거야.

"7주 전 처음으로 NLCS 제주에 도착했을 때 저는 처음 페블비치를 보았을 때처럼 울컥하고 눈물이 나올 뻔했습니다. 현재 이 학교는 어디에도 뒤지지 않을 최상의 시설을 갖추고 있습니다. 이곳이 특별한 이유는 단지 최상의 시설 때문이 아니라, 여기에 오는 학생들을 더 나은 세상으로 변화시킬 수 있는 세계시민으로 양성하기 위해 우리가 여기서 해야 할 일 때문입니다. 한국인을 대표해서, 이 낯설고 먼 곳까지 오셔서 이 미션에 동참해주신 모든 분께 감사를 드립니다."

내 꿈은 한국, 미국과 영국 교육체제의 강점들만 모아 국제학교에 적용시켜 전 세계에서 인정받는 국제학교를 만들어가는 것이고 우리가 여기 와 있는 것도 이런 이유라고 믿는다고 말하고 끝을 맺었지.

말을 마치자 전 교직원이 일어나서 박수를 치는 거야. 내 진심 어린 메시지가 전해졌나 봐. 우리가 시도하려는 이 의미 있는 일에 대한 내 열정에 공감한 것 같았어. 그날 내내 감동적인 연설이었다고, 학생들에 대한 내 메시지에 감명을 받았다며 많은 선생님들에게 감사하단 말을 들었단다. 너희도 함께 있었으면 얼마나 좋았을까?

아빠가 2번이나 울었다고 한 말 생각나?

하루 종일 학생들이 도착하고 학교를 둘러보는데 전화가 온 거야. 두 달 걸려서 뉴욕에서 부친 짐이 드디어 도착했다고. 이사할 때마다 아빠가 제일 먼저 하는 거 알지? 텔레비전과 스테레오를 항상 먼저 설치하는데 이번에는 아니란다. 짐을 풀기 시작했는데 선아가 보낸 크리스마스 선물에 적힌 메모를 먼저 봤어.

"아빠는 더 나은 내가 될 수 있도록 매일 힘을 주셨죠. 어디에 있든지 저는 아빠의 어린 딸이고 저희 모두는 아빠와 항상 함께 있는 거 알죠? 아빠는 내 영웅이에요. 누구나 부러워하는 최고의 아빠인 걸요. 즐거운 크리스마스 보내세요. 사랑하는 선아가."

바닷가에서 피카츄 신발을 신은 강수 어릴 적 사진, 에펠탑 앞에서 네 엄마와 찍은 신혼여행 사진, 골든 브리지를 배경으로 찍은 가족사진(강수가 아주 멋있게 나왔네), 'Dream Big' 사인을 든 내 사진과 선아가 5살 때 하얀 드레스에 모자를 쓴 사진을 보며 울지 않을 수 없었어.

12월에 뉴욕에 가니까 그때까지 모두 어디서 무슨 일을 하든지 각자 최선을 다하겠다고 약속하자.

쉬지 않고 6시간이나 학생들과 학부모님들 만나느라 정말 피곤하네. 하지만 여기 제주에 와서 내가 꿈꾸던 아주 특별한 일을 시작하려니까 기분이 좋아. 오늘은 70명의 학생이 왔는데 내일은 300명이 올 예정이라 정말 바쁠 거야. 벌써 잘 시간이네. 안녕!

Dear Yi Family,

I cried today, not once but twice!

The entire faculty met this morning for a briefing before the students' arrival at the boarding houses. I wasn't even due to speak but the Principal asked the four Vice Principals to say a few words since it was a day before the school's opening. There have been several issues these past couple of weeks in terms of boarding houses not being ready, computers and resources not arriving on time, and the school building not being cleaned, etc. So a lot of teachers were getting frustrated towards the administration and the Korean company that is supposed to take care of all these things for us. Each Vice-Principal briefly thanked the teachers for being patient, and then it came for me to speak. Initially, I didn't know what I was going to say, but when I stood up, I knew exactly the message I wanted to deliver to my colleagues.

Firstly, I said to the Principal, "I think my thanks are going to be a bit longer than the other VPs, so apologize." I started by saying that I didn't get much sleep last night because I was thinking about this day- the opening of school for students. Even though the official first day of school is Monday, today was the day when the faculty had the opportunity to meet the students for the first time. I said that it felt like being on the first tee box before the start of a round of golf, both excited and anxious at the same time. I am starting my 25th year in education, and this momentous occasion has a special meaning for me as a Korean-American, I told the teachers.

Do you remember two years ago when we had that wonderful trip to California? I started to describe my passion for golf and how I felt when I saw the Pebble Beach golf course for the first time. I said the following: "It is one for the most beautiful places I have ever seen in my life, and when I die, I would love for my family to bring a few of my ashes to spread it in the Pacific Ocean overlooking Pebble Beach."

I know it's kind of strange that I said that, but then I said, "When I saw Pebble Beach for the first time, I was just blown away by the natural beauty of Monterey Bay. But then when I saw NLCS Jeju for the first time seven weeks ago, I almost had tears in my eyes not because of the size and great facilities, but because of what it meant."

Currently, this school building is said to have the best facility in Korea and maybe all of Asia. I continued by saying, "On behalf of all Koreans, I want to thank all of you for being here today and starting this journey together. The reason why this building is so special is not because of the facilities but because what we are about to do with these studentsto produce global citizens who will make a difference and change the world."

That is when I got too emotional, and I had to pause for a few seconds to compose myself. It was never intended to be an emotional speech, but I just lost it. I truly wanted to thank all these great teachers for coming to this foreign land to educate all these Korean students.

My dream was to bring the strengths of Korean, American, and UK education system and put it together in this international school so that we could be one of the best, not just in Asia but perhaps in the world. I believe that is why we are all here, I said to the teachers.

When I finished, the entire faculty gave me a round of applause, I think, because of my heartfelt message and how passionate I felt about this meaningful journey that we were about to take. I kind of felt guilty that the other VPs and Principal's speech didn't result in a round of applause, but I knew that they were as committed as I was in ensuring the success of the school.

Throughout the day, many teachers came to me thanking me for an inspirational speech and how they were moved by my message about the Korean students. Three teachers came up to me and said that I made them cry as well. I wish all of you were there listening to my speech because I know I've been sharing my thoughts with all of you guys for some time now. I am not sure how I came up with it, but it just came from my heart, and I guess that is the best kind of speech.

Now you are thinking, and dad said he cried twice today, right?

In the middle of students and parents arriving throughout the day and doing tours, I get a call that finally, after two months, the packages came from New York. You all know that the first thing that I always set up whenever we move to a new house is the TV and stereo system. Well, I started to unpack, and I found the present that Jacqueline gave me for Christmas with the following message: "You inspire me to be a better person every day. No matter where life takes you, know that I'll always be your little girl, and we'll always be there for you. You're my hero and the best father anyone could ask for: Merry Christmas. Love, Jacqueline"

When I started to take a look at all the pictures- Ben with Pikachu shoes at Myrtle Beach, Monica and me in front of the Eiffel Tower on our honeymoon, our family picture next to the Golden Gate Bridge during our California trip (Ben, you look very handsome in that picture), Dream

Big photo of me and Jacqueline's cutest picture ever when you were five years old with that white dress and a hat- I started to cry.

As I get older, maybe I am just getting too sentimental, or simply I just miss all of you guys too much. It is probably both... I am going to try to go to New York in December, so until we meet, let's all promise that we will each do our best in whatever we are doing.

After I, along with the entire faculty, greeted students and parents for six hours without any rest, I was exhausted; however, I felt great knowing that this was the beginning of what I hope will be something extraordinary here in Jeju. Today, about 70 students checked in, but tomorrow there will be approximately 300 students checking in, so it is a big day. It is almost midnight, and I got to get some sleep, bye!

몇 년 전, 어머니와 옛날 물건들을 정리하다가 오래전 돌아가신 아버지의 편지를 발견했다. 돌아가시기 전에 나와 누나에게 쓰신 것이었다. 거의 30년 전의 편지를 이제 보게 된 것이다. 정말 소중한 선물이라 오래도록 간직할 것이다.

"가족에게 이메일이나 SNS가 아닌
손편지를 쓴 지 오래되었다면
한번 편지를 써보길 바란다."

"If it has been a while
since you wrote a hand written letter,
not an email or SNS, to your family,
definitely give it a try."

21

안녕, 지리산 공부벌레들

Good Morning, Jirisan Study Bugs

하루를 시작하면서, 아침에 누군가 만나면 'Good Morning'이라고 말하는 것이 어떤 사람들에게는 왜 그렇게 어려울까? 몇 년 동안 이 질문을 곰곰이 생각해봤다. 개인 성향이나 문화적 차이라고 볼 수도 있지만 아직 명확한 답을 찾지 못했다. 교편을 잡은 이래, 나는 항상 학교 입구에 서서 등교하는 학생들과 선생님들, 그리고 때로는 부모님들에게 'Good Morning' 인사를 하며 학교생활을 시작했다. 이 아침 일과는 습관이 되어서 급한 상황이나 회의에 참석할 일이 생겨서 못하는 경우 첫인사를 놓친 것 같아 하루 종일 마음이 불편할 정도이다.

몇 년 전, TV에서 〈지리산 공부벌레들〉이란 제목의 다큐멘터리를 보게 되었다. 한마디로 요약하자면, 지리산 고등학교는 '작지만 큰 학교'이다. 그 학교의 학생, 교사, 교장의 독특한 이야기는 흥미로울 뿐 아니라 큰 감동을 주었다. 나는 인터넷으로 지리산 학교 연락처를 찾아서 방문하고 싶다는 의사를 전했다. 교장 선생님은 나의 방문을 친절하게 반겨주셨다. 나는 제주 감귤을 몇 박스 차에 싣고 페리를 탔다.

육지에 도착해서 몇 시간 더 운전을 하고 지리산학교에 도착하니 벌써 해가 넘어가고 있었다. 먼저 안내를 받은 곳은 교장 집무실이었는데, 학교 본 건물 내부가 아닌 운동장 근처에 있는 텐트였다. 작은 학교 건물 내에 공간이 부족한 상황에서, 가르치고 배우는 것이 항상 우선이어야 하기 때문에 그는 사무실을 바깥에 두는 것을 개의치 않는다고 말했다.

학교의 철학, 교육방식과 학생들의 보살핌에 대한 설명을 들으면서, 학생들이 수만 달러의 수업료를 내고 다니는 영국 국제학교와 너무나 비교가 되어 당황하지 않을 수 없었다. 지리산 학교는 50명 미만의 학생과 몇 명의 교사로 구성되어있다고 교장 선생님이 말씀하셨다. 그리고 학교의 자금은 대부분 한국 전역에서 1만 원 이하의 개인 기부를 통해 받은 것이라고 했다. 그 말대로 수백 명의 기부자 이름이 적힌 은행 장부가 서랍을 가득 채우고 있었다.

지리산 학교에서 지식교육에 앞서 철저한 인성교육을 중요시하고 있다는 사실에 깊은 감명을 받았다. 교사와 학생 간은 물론이고 학생들 간에도 서로 정중히 인사를 나누는 모습에서 인성교육을 잘 실행하고 있음을 느낄 수 있었다. 모든 학생의 아침 일과 중 하나는 아침 인사와 매일 5분 동안 명상을 하는 것이라고 했다. 교장선생님부터 주방에서 일하는 직원들까지 서로의 역할을 존중하고 배려하는 수준이 매우 인상적이었다. 나도 학생들과 함께 저녁 식사를 했는데, 모든 사람이 접시에 쌀 한 톨도 남기지 않았던 것을 목격하고 음식을 조금도 남길 수가 없었다.

저녁 식사 후, 학생들에게 미국에서 성장한 경험과 목표와 꿈에 관한 짧은 강의를 하게 되었다. 방문하기 전에 지리산 고등학교에 대한 신문 기사를 읽은 기억이 난다. '가난한 꿈나무는 모두 오라. 여기는 기회의 땅, 서울대 합격한 켄트카마슘바 군, 이 나라의 미래는 나눔의 교육에서'라는 기사 제목에서 지리산 고등학교가 어떤 유형의 학교일지 짐작해볼 수 있다. 부족한 재정으로도 이 학교는 잠비아, 코트디부아르, 네팔에서 온 학생들에게 장학금을 수여하고 있었다. 아프리카에서 온 학생이 지리산 외진 곳에서 공부하고 있는 모습이 좀 생소해 보였지만, 모든 학생의 영어 수준은 꽤 높았다.

나는 큰 꿈을 가지고 자신의 삶에서 의미와 목적을 찾으라는 메시지를 전달했다. 강의가 끝난 뒤 학생들과 졸업 후 하고 싶은 일과 자신이 추구하고 싶은 직업에 대해 이야기를 나누었다. 이 학생들의 꿈과 목표는 내가 만났던 다른 학생들과 다르지 않았다. 기숙사 일부는 학교 건물 밖에 임시로 지은 컨테이너였고, 그들이 처한 교육환경만 다를 뿐이었다. 열악한 조건에도 불구하고, 학생들과 교사들의 표정은 모두 매우 밝았고 그들의 긍정적인 사고방식이 내게도 전해졌다. 나에게 지리산 학교는 평생 잊지 못할 만남이었고 그 인연은 항상 소중하게 간직할 것이다. 지리산 고등학교 파이팅!

지리산 고등학교 방문 중 강의(2012)

지리산 고등학교 입학식이 개최되는 천왕봉

22

딸과의 데이트

Date with My Daughter

딸아이가 대학교에 입학하기 며칠 전에 가졌던 '딸과의 데이트'는 내가 소중하게 간직하는 추억이다. 늦여름의 경치를 즐기는 전 세계의 사람들로 맨해튼 거리는 북적거렸다.

나는 아직까지도 딸에게 미안한 마음을 가지고 있다. 청소년들에게 가장 중요한 날인 고등학교 졸업식과 대학 기숙사에 들어가는 첫날에 공교롭게도 한국에 있어야 해서 딸과 소중한 순간을 함께하지 못했기 때문이다.

워싱턴 스퀘어 공원을 산책한 후, 헤어지기 전 마지막 저녁식사를 위해 우리는 둘 다 좋아하는 유명한 스테이크하우스로 향했다. 식사를 하면서 딸은 마치 헤어짐의 아쉬움을 떨쳐버리기라도 하려는 듯이 심리학을 전공하고 싶다는 포부와 함께 앞으로 펼쳐질 불확실한 많은 것에 대해 이야기를 나누었다. 어렸을 때부터 꿈 분석하는 걸 좋아하고 친구들 사이에서 항상 해결사로 나서는 등 인간 심리분야에 관심이 많았기 때문에, 딸이 심리학을 전공으로 선택한 것은 놀라운 일이 아니었다.

딸은 심리학 교수가 되어 강의를 하고 싶다는 목표로 학부 과정을 마치고 바로 7년의 박사 과정을 시작했다. 그 후 몇 번의 힘든 고비를 넘길 때마다 포기하지 않고 지금까지 전념해 온 내 딸은 'GRIT'의 특성을 확실히 갖고 있다. 심리학 박사 앤젤라 더크워스(Angela Duckworth)는 『그릿: 열정과 인내의 힘(GRIT: Power of Passion and Perseverance)』이라는 책에서 GRIT을 "실패와 역경에 대한 경험에도 불구하고 오랫동안 결단력과 동기를 유지할 수 있는 의욕이 높은 개인(individuals high in grit being able to maintain their determination and motivation over long periods despite experiences with failure and adversity)"이라고 설명한다.

내가 제주로 왔을 때 내 딸은 16살이었고 나의 가족은 이사 여부를 결정해야 했다. 큰아들은 대학진학 예정이었기 때문에 영향을 받지 않았지만 딸에게는 중요한 결정이었다. 부모로서 나는 항상 아이들이 스스로 결정을 내리게 하려고 노력한다. 물론 나는 그 과정을 도와줄 것이지만, 결국 스스로 결정을 내리고 살아야 한다.

딸, 선아가 그린 워싱턴 스퀘어(NYC)

몇 번의 토론 후에 딸아이는 뉴욕에 남아 있기로 결정했다. 게다가 1년 일찍 고등학교를 마치기로! 마지막 한 학년을 포기하고 1년 일찍 졸업하는 경우는 아주 드문 일이다. 딸아이는 가족이 처한 상황을 최대의 기회로 삼아 졸업을 앞당기고 싶다고 결정했다. 혼자서 1년 일찍 졸업하기 위해 무엇이 필요한지를 알아보고 점심시간을 수업으로 대체했다. 대학 원서를 준비할 시간이 부족해서 2군데 대학에만 지원하면서도 불평 한마디 하지 않았다.

지원한 2곳 중 뉴욕대에서 장학금을 받고 입학을 하게 되었다. 엄마의 모교였고, 아빠도 학위를 받은 학교라서 주저하지 않고 결정했다. 뉴욕을 좋아하는 딸에게는 탁월한 선택이었다.

입학식에 불참하게 되어 유감이지만, 4년 후 졸업식에는 반드시 참석하겠다고 그날 저녁을 먹으며 약속했다. 매년 뉴욕대학 졸업식이 열리는 양키스(내가 가장 좋아하는 야구팀) 경기장에서 마침내 그 약속을 지킬 수 있어 감사하다. 그날 저녁식사 후 우리는 둘 다 좋아하는 아이스크림을 먹으면서 뉴욕에서 늦여름 날 내 딸과의 완벽한 '데이트'를 마무리했다.

CONGRADULATIONS!!!
NYU GRADUATION &
HAPPY BIRTHDAY! 2016.5.19

"자녀들과 함께하는 소중한 시간에

감사하면서 그 순간을 즐기자."

"Appreciate and enjoy

momentous occasions with your children."

23

열정을 찾아서
Pursuing Your Passion

졸업식 연설 때마다 골프 이야기를 빠지지 않고 할 정도로 나는 골프광이다. 미국에서 골프는 서민들도 즐길 수 있는 스포츠이다. 한국처럼 엄청난 비용이 들지 않으며, 동네 골프장에 가면 20~30달러 정도면 칠 수 있다. 혼자 칠 수도 있고 전혀 모르는 사람과도 함께 어울려 칠 수 있는 것도 내가 골프를 좋아하는 이유 중 하나이다.

내가 골프에 얼마나 열정을 보였는지 나를 '제정신이 아니네.'라고 할 수도 있는 예를 들자면, 한겨울에 뉴욕에서 버지니아주까지 500km 정도(서울에서 부산보다 먼 거리)를 (당일로) 운전해서 골프를 치고 온 적이 있다. 미 북동부에 위치한 대부분의 골프장은 1년에 3개월 정도 눈이 오면 문을 닫는다. 새벽 4시에 집을 나왔는데 혹한이 와서 골프장들이 문을 다 닫았다. 그래서 7시간을 헤매며 계속 골프장을 찾다가 결국 버지니아주에 들어서서 운영 중인 골프장을 찾았다. 너무 추웠는지 골프장엔 사람이 없었다. 혼자

라운딩을 빨리 마치고 오후 4시에 집으로 돌아가기 시작했다. 하루에 왕복 주행거리가 1,000km가 되었고 집에 오니 밤 11시가 다 되었다.

코넬대학교 졸업식(2015)

아들이 대학에 입학하고 얼마 지나지 않아 전화가 왔다. 자식이 집을 멀리 떠나 있을 때 많은 부모들이 '무소식이 희소식'이란 말을 한다. "아빠, 나 상의하고 싶은 게 있어요."라는 아들의 첫마디에 나는 평소와는 다른 무언가를 직감했다.

아들은 중고등학교 내내 수학과 과학에 우수한 학업성적을 보였기에, 망설임 없이 공대에 지원을 했다. 하지만 한 학기를 마치고 공대가 자신과 맞지 않다고 생각했다면서 전공을 바꾸고 싶다는 의사를 밝히며 영화를 공부해보고 싶다고 했다. 나는 늘 학생들에게 하고 싶은 일을 찾아 의미 있는 일을 하라고 말해왔지만, 공대와는 완전히 다른 분야인 영화라니 너무 의외였다.

"네가 오랫동안 생각해온 것이라고 믿지만, 심사숙고해서 내려야 하는 결정이야"라는 내 목소리가 떨리는 것을 아들은 분명히 느꼈을 것이다. 고등학교 졸업반에서 영상물을 제작하는 수업을 계기로 프로덕션에 관심을 가진 걸 어느 정도 알고는 있었지만, 이 결정이 옳은 것인지 나는 100% 확신할 수 없었다. 스필버그 감독처럼 어렸을 때부터 재능이나 남다른 열정을 보인 것도 아니었다.

내가 아들의 담당교사라면 아무 거리낌 없이 "그래, 한번 해봐."라고 하겠지만, 연간 6만 달러란 학자금을 지불하는 학부모 입장에서는 솔직히 당장 해보라는 말을 해줄 수 없었다. 적어도 그때 그 상황에서는 졸업 후 전공분야로 진로를 선택해야 하는데 재학 중인 대학교가 영화 분야로 우수한 학교도 아니었다. 계획한 대로 풀리지 않을 경우를 대비해 차선책을 항상 염두에 두고 더 신중하게 생각해볼 것을 권유하고 전화를 끊었다.

며칠 후, 아들에게 다시 전화가 왔다. "아빠가 한 말 곰곰이 생각해봤는데요. 영화와 경제학을 함께 공부해볼게요. 내 꿈이 실현되지 않을 경우, 경제학 전공으로 할 수 있는 일을 찾으면 될 거예요."라는 아들의 말에 나는 흔쾌히 허락했다.

아들의 첫 직장 방문

아들은 전공을 바꾼 게 확실히 잘한 결정이라고 말한다. 다행히 졸업 후, 할리우드로 가서 〈라라랜드〉를 제작한 영화사 '라이언스게이트(Lionsgate)'에 취직했다. 몇 년 전 그 영화를 보면서 자신이 정말 좋아하는 일을 찾아 하고 있는 아들이 자랑스러웠다. 아들은 같은 해 코넬 공대를 졸업한 친구들이 자신보다 훨씬 많은 연봉을 받고 일하고 있지만, 행복지수는 친구들 중 자신이 가장 높다고 말한다. 지금은 전자음악에 관심을 보이면서 영화 일을 할 때보다 더 만족하고 있다. 영화든 음악이든 무엇이든 좋다. 하고 싶은 일을 찾아 열정적으로 하면 행복은 저절로 따라온다고 확신한다.

1,000km를 마다하지 않고 운전해서 골프 라운딩을 하는 사람은 많지 않을 것이다. 내 아들의 이야기를 한 이유는 아이들이 행복해하고 삶의 의미와 목적을 찾을 수 있도록 돕는 게 부모의 역할이라고 믿기 때문이다. 언젠가 내가 완전히 은퇴를 하고 나면, 내가 원하는 만큼 골프를 칠 수 있을 것이다. 하지만 그날이 올 때까지 나는 진정한 보람과 의미 있는 일을 찾아가는 아들처럼 학생들을 돕는 일을 계속해 나갈 것이다.

"무엇이 당신에게

기쁨과 삶의 의미를 주나요?"

"What brings you Joy and Meaning?"

24

나는 미래를 꿈꾸며 가르친다
I Touch the Future, I Teach

"나는 미래를 꿈꾸며 가르친다(I touch the future, I teach)."

이는 1986년 우주왕복선 챌린저호 참사로 비극적으로 세상을 떠난 크리스타 매콜리프의 유명한 말이다.

나는 그해에 뉴욕시에서 처음으로 교사가 되었다. 교직 생활 내내, 그 말은 나에게 큰 의미와 목적을 주었다. 그것이 바로 내가 선생님이 된 이유이고, 전 세계의 많은 선생님이 학생들의 삶에 변화를 줄 수 있도록 매일 학교에 가는 이유이다.

다음 편지는 그 사실을 보여주는 아주 좋은 예이다.

햄프시 선생님께,

기억하실지 모르겠지만, 저는 AP Language 반에 있었던 벤(Ben)입니다. 케샤(Kesha), 레이디 가가(Lady Gaga), 저스틴 비버(Justin Bieber)를 따라 립싱크를 한 학생이요! 잘 지내시죠? 필립(Philip)과 선생님 얘기를 하다가 연락하고 싶어져서 학교 홈페이지에서 선생님 이메일 주소를 찾았어요.

선생님 수업이 지금까지 내 삶과 경력에 얼마나 많은 영향을 미쳤는지 말하고 싶었어요. 코넬 대학 1학년 때, 저는 공학을 전공하려고 관련수업을 듣게 되었는데 그 수업에 전혀 흥미를 못 느끼고 힘들어했죠. 그래서 전공을 (이중 전공으로 경제학과 함께) 영화로 바꾸기로 했어요. 그 분야에 항상 관심이 있었기 때문이지요. 하지만 더 큰 이유는 선생님 수업에서 마지막 프로젝트로 비디오를 만들면서 받은 대단한 반응과 선생님이 저의 가능성을 보셨기 때문이랍니다. 그 수업을 듣지 않았다면, 그리고 선생님이 칭찬해주시지 않았다면 그런 결정을 할 자신이 없었을 거예요.

그 후로, 저는 지난 4년 동안 매년 여름 LA에 가서 다양한 영화 제작사에서 인턴으로 경력을 쌓았죠. 마침내 작년에 이곳으로 이사를 왔고 지금은 라이언스게이트 엔터테인먼트에서 일하고 있어요. 만약 제가 그 비디오를 만들지 않았거나 선생님이 저의 잠재력을 믿어주지 않으셨다면, 제가 하고 싶은 게 무엇인지 깨닫지 못했을 거예요. 선생님이 열정을 따르도록 격려해주신 덕분에 제가 여기까지 올 수 있었습니다!

글이 너무 길어졌네요. 잘 지내시고요, AP Language 학생들의 프로젝트가 계속 잘되기를 바랄게요!

벤자민

라이온스게이트 엔터테인먼트

2015년, 코넬대학교 졸업반

추신: 직장에서 정기적으로 대본 요약이나 분석을 하는데, 상사가 제 작문 실력에 항상 긍정적인 평을 한답니다. 모두 선생님 덕분이에요!

To Mrs. Hampsey,

Not sure if you remember, but this is Ben from AP Language, the student who lip-synced to Kesha, Lady Gaga, and Justin Bieber! Hope you're doing well! Philip George and I were actually just talking about you so I found your email address on the CCSD directory page and wanted to reach out!

I just wanted to say how much of an impact you and your class have had on my career and life thus far. During my freshman year at Cornell, I was struggling in my Engineering classes and realized I wasn't passionate about what I was learning. That's when I chose to switch majors to Film (with Econ as a double major), partially because I was always interested in the prospect of pursuing film. However, I wouldn't have committed towards such a huge life change if not for the amazing response I received from making that video and the potential you saw in me.

Since then, I've interned every summer out in LA at various film production companies for the past four years. I finally moved out here last year and am now working at Lionsgate Entertainment (we do the Hunger Games, Twilight, and Saw franchises)! I may not have had the guts to pursue film and probably would have second guessed myself if I never made that video or if people like you didn't believe in me. I owe my success to you and your class for helping me follow my passions!

Sorry for the long note, hope you're doing well and your AP Language students' humor projects are as good as ours were!

Benjamin Yi

Lionsgate Entertainment

Cornell University, Class of 2015

P.S. I write coverage (summary/analysis) for scripts regularly at work and my boss constantly comments on the high quality of my writing. That's all you! :)

다음은 햄프시 선생님이 학생에게 보낸 답장이다.

안녕, 벤!

오늘 이메일을 열어보니 이렇게 기분 좋은 소식이 나를 기다리고 있더구나! 물론 널 기억하지. 유머 프로젝트를 시작한 학생을 어떻게 잊을 수 있겠니!

내 수업 덕분이라는 말을 해줘서 고맙지만, 모두 네 재능 덕이란다. 공대를 졸업하면 비교적 안정적인 직장이 보장되는데 반해 영화 학위로는 미래가 좀 불안할 수도 있겠지. 전공을 바꿀 때 많은 용기가 필요했을 거야. 그런데 네가 말한 것처럼 열정이 없는 분야로 계속 나아가는 건 의미가 없으니까 잘 결정한 거야. 그동안 쌓아온 노력과 추진력으로, 앞으로의 진로에 너 자신만의 의미를 부여하기 바란다.

네가 직장에서 요약한 글들이 비공개가 아니라면 읽어보고 싶구나. 필(Phil)도 LA에 사니? 여동생 재키(Jackie)는 잘 지내?

오늘 너의 소식을 듣고 아주 행복했어, 고마워. (내 아들이 방금 나에게 왜 울고 있냐고 하네!) 그럼 잘 지내.

애정을 담아,

햄프시 선생님이

Hi Ben!

What a wonderful surprise was waiting for me when I opened my email today! Of course I remember you - how could I possibly forget the boy who launched the humor projects!

It was so gracious of you to thank me, but the talent is all you. That was a courageous move - switching from the relatively stable promise of an engineering degree to the more tenuous promise of a film degree, but as you said, the passion was lacking and that makes all the difference. With your skill and drive, you'll build a meaningful career for yourself.

Are your summaries/analysis public? I'd love to read them if they are. Does Phil George also live in LA? How is your sister, Jackie?

Again, thank you for making my day. (my son just asked me what I was crying about it!) I loved hearing from you and seeing you all grown up.

Fondly,

Mrs. Hampsey

졸업생이 보낸 서신에 행복해하며 그 선생님만 울고 있었던 게 아니라, 선생님의 답장을 읽으면서 나 역시 눈물을 글썽였다. 한 학생이 그의 삶에 영향을 끼친 선생님께 감사를 표하기 위해 보낸 감동적인 메시지였기 때문이다. 선생님은 학생들의 간단한 감사의 표시를 아주 오랫동안 소중히 여길 것이다.

저자가 제작한, 교사들에게 소중한 메시지가 담긴 스티커

"가르침이라는 최상의 예술이

창의적인 표현과

지식의 기쁨을 일깨운다."

"It is the supreme art of the teacher

to awaken joy in creative expression

and knowledge."

– 알버트 아인슈타인 (Albert Einstein)

25

왜 마라톤을 하는가?

Lessons from 26.2 miles

몇 달에 걸친 훈련 끝에, 드디어 2015년 11월 1일 운명의 날이 다가왔다. 안락함이나 편리함을 추구하는 요즘 청소년들이 이해하기 힘든 속담이 있다. '젊어서 고생은 사서도 한다.' 이 말은 현대인들에게 어리석어 보일 수 있다. 요즘은 최단시간의 노력과 투자로 최상의 결과를 만드는 것을 덕목으로 여기기도 한다. 26.2마일의 혹독한 마라톤 훈련을 신체 기능이 왕성한 20~30대도 아니고, 눈이 침침해지고 흰머리가 하나둘씩 보이기 시작하는 50대에 들어서서, 그것도 생애 처음으로 도전한다면 다들 무모한 행동이라고 말릴 만하다. 심지어 아내는 "마라톤 참가하기 전에 생명보험을 들어놓는 게 좋겠어."라며 투덜거렸다.

죽기 전에 꼭 해보고 싶은 희망사항에는 뉴욕시 주최 마라톤에 참가해보는 것이 항상 들어 있었다. 35년 가까이 매년 11월 첫째 주 일요일이면 TV 마라톤 생중계를 시청했다. 충분히 훈련만 받으면 나도 할 수 있다는 희망을 품고, 5만 명이나 하는데 나라고 못할 이유는 없다는 무모한 발상으로 시작했다.

그러나 참가하고 싶다는 개인 의지만으로 아무나 참가할 수는 없다. 먼저 지원을 해야 하고, 3시간 미만의 마라톤 완주 경력의 소유자가 아니면 일종의 추첨 방식으로 선발되기에 그림의 떡이다. 여러 번 지원을 했는데 한 번도 당첨된 적이 없었다. 내 인생에 마라톤은 없다는 암시일 수도 있다고 생각했는데, 이 예상은 50대를 훌쩍 넘기고 나서 깨졌다.

모든 일이 마치 예정되어 있었던 것처럼 느껴질 때가 있다. NLCS 제주에 재직할 때였다. 뉴욕시 마라톤 중계를 보던 중에 갑자기 다시 한 번 지원해 보고 싶었다. 선발되면 9개월 후에 학교로부터 특별 허가를 받아 뉴욕까지 날아가는 상상을 하면서. 사람은 한 치 앞을 알 수 없다고 했던가. 9개월 후 나는 뉴욕에 있었다. 선발되었다는 소식에 복권에 당첨된 것처럼 믿을 수 없었다.

그와 동시에 예상치 못한 일이 하나 더 일어났다. 6년간 교감으로 재직했던 뉴욕에 있는 월터 패나스 고등학교의 한 동료에게 이메일을 받았다. 현직 교장이 내년에 은퇴할 예정이니, 그 자리에 지원을 하라는 내용이었다. 많은 학교들을 거쳐왔는데, 학생과 교직원과 학부모와 친밀한 유대관계를 유지하면서 너무나 좋은 경험을 한 학교는 바로 그 학교였다.

고민 끝에 어렵게 돌아온 한국에서의 부교장 직을 떠나기로 결심했다. 몇 차례의 영상 면접을 거친 후 마지막 절차로 교육감과 지역이사회와 면접을 하러 뉴욕으로 건너갔다. 내가 다시 그 학교의 교장으로 부임하게 되었다는 소식은 내 인생에서 너무나 기쁜 일이었다.

마라톤 이야기로 돌아가서, 이제 한국을 뒤로하고 뉴욕으로 돌아가니 학교로부터 장거리 여행의 특별 허가는 필요하지 않았다. 미국에 복귀한다는 소식에 특히 우리 아이들과 아내가 좋아했다. 명절 때마다 가족 생각이 간절한 나도 설레었지만, 앞으로 9개월 동안 혹독한 마라톤 훈련을 할 생각에 마냥 좋지만은 않았다. 마라톤에 참가한다는 소식을 처음 접했을 때의 흥분이 점차 가라앉으면서, 일주일에 서너 번씩 몇 마일을 뛰어야 한다는 의욕이 사라져갈 때 한 가지 좋은 생각이 떠올랐다.

월터 패나스 고등학교는 뉴욕시에서 좀 떨어져 있는 웨스트체스터 카운티에 속해 있다. 미국 전 대통령 클린턴 부부의 거주지이기도 한 지역에 위치해 있는데, 미국 내에서도 알아주는 부유층이 살고 있는 곳이다. 그중 우리 학교는 가장 북쪽 끝에 위치하고 있어 부유층도 있지만, 중산층이나 빈곤층 가정의 자녀들도 존재한다는 사실이 떠올랐다.

이런 경제적 어려움이 있는 학생들에게 학교에서 제공할 수 있는 자원은 한정되어 있기에, '내가 마라톤 준비를 하면서 모금활동을 하면 어떨까?' 하는 생각을 하게 되었다. 미국에서는 개인이 모금활동을 하는 건 흔한 일이고, 온라인 상의 클라우드 자금으로 더욱 그 일이 용이해졌기에 한번 시도해보기로 결심했다.

이에 대한 반응은 압도적이었다. 멀리 한국에 있는 학부모도 큰 기부금을 보내왔다. 3,000달러 정도 모았고 그 돈은 학생들과 교사들을 지원하는 데 쓰였다.

마라톤 완주는 결코 쉽지 않았다. 내 인생에서 육체적으로나 정신적으로 가장 힘든 일 중 하나였다. 반 정도 뛰었을 때 왼쪽 발가락에 물집이 크게 생기더니 피가 나는 게 느껴졌다. 너무 고통스러워서 마라톤 코스 옆에 설치된 의료시설로 들어가 응급처치를 했다. 왼쪽 발이 아스팔트 바닥에 닿을 때마다 고통을 참기 힘들어서 포기할 생각도 잠시 했다.

'절대 포기하지 않기(Never ever give up)'는 나의 신념이다. 학생들을 지원하려고 모금활동까지 하니 학교 전체가 나의 마라톤 완주를 기대하고 있고, 과학기술에 힘입어 학생들과 교직원들은 내가 어디까지 뛰고 있는지 (티셔츠 앞면에 전자칩이 장착되어 있어서) 핸드폰으로도 실시간 검색이 가능했다. 집에서 내 경로를 확인하는 많은 사람들이 왜 갑자기 13마일 부근에서 멈춰 있는지 의아해하고 있을 거란 생각에 도달하자, 20년 넘게 그토록 원해왔던 나의 꿈을 결코 포기할 수 없었다.

결국 나는 완주했다. 내가 목표했던 기록보다 저조하지만, 중요한 건 끝까지 달렸다는 사실이다. 다음 날 학교에 출근하니 내 사무실 앞에 축하 문구가 걸려 있었다. 그 후 며칠을 좀비처럼 걸어야 했을 만큼 고통스러웠지만 보람 있었다. 마라톤을 완주하는 모든 분에게 아낌없는 찬사를 보낸다.

뉴욕 마라톤(2015.11.01)

"단기 및 장기 목표와 버킷리스트를 설정해서

가족과 공유하면 좋겠다.

얼마나 걸릴지는 중요하지 않다. 하나 둘 성취하는 데 의미가 있다.

책을 완성하는 것도 버킷리스트 중 하나였는데 마침내 해냈다!"

"Short & long term goals and bucket lists are pleasant to have,

share with your family, and accomplish them one by one,

no matter how long it takes.

Finishing this book was on my bucket list, checked!"

뉴욕 마라톤 완주 메달, 마라톤 다음 날 학생들이 사무실 앞에 걸어준 축하 메시지

뉴욕주 최초 아시안 교장 이기동씨 뉴욕마라톤 화제... 3000달러 펀드 레이징

[뉴시스] 입력 2015.11.07 05:18

【뉴욕=뉴시스】노창현 특파원 = 뉴욕주 공립고교 최초의 아시안 교장 이기동 (53·미국명 Keith Yi)씨가 뉴욕마라톤에서 펀드레이징 레이스를 펼쳐 잔잔한 화제를 모으고 있다. 이기동 교장은 지난 1일 열린 2015 뉴욕시티마라톤에서 생애 첫 완주에 성공, 3000달러의 학교발전기금을 크라우드 펀딩으로 모았다. 지난 2005년 업스테이트 뉴욕 최초의 아시안 교장(답스페리 하이스쿨)에 부임해 주목받은 그는 2011년엔 모국으로 돌아가 제주에서 개교한 영국계 노스 런던 스쿨의 전체 교감 겸 초등학교 교장으로 재직하다 지난해 11월 웨스트체스터의 월터파나스 하이스쿨 교장으로 뉴욕에 돌아왔다. 2015.11.06. <사진=Newsroh.com 제공>

풋볼 경기를 보면서 응원하는 학생들 모습

26

브라이언을 생각하며

Brian

책을 쓰면서 이 부분이 제일 힘들었다. 오래전 제자였던 브라이언을 떠올리면 거의 20년이란 세월이 흘렀는데도 마음이 아프기 때문이다. 학교 도서관 창문 너머로 브라이언과 눈이 마주친 그날을 회상할 때마다 '내가 먼저 다가가서 조금이라도 이야기를 할 걸.' 하는 자책에 사로잡힌다. 바로 다음 날 그는 17살에 세상을 떠났다.

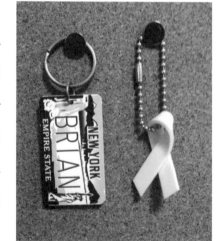

브라이언에 대해 생각하는 것조차 힘들지만 그의 죽음이 나를 변화시켰고 나는 그 운명적인 날을 기억하기 위해 그의 이름이 새겨진 열쇠고리를 20년 동안 책상 바로 옆에 두고 매일 아침 출근하면서 소중한 우리 학생들을 생각한다.

공교롭게도, 뉴욕 교직생활의 마지막 한 학년도(2014-2015)에 5번 제자들의 장례식에 참석하게 되었다. 앞날이 창창하던 젊은 학생들의 추도식에서 작별인사를 하는 것은 정말 감당하기 힘든 일이었다. 1년에 한 번도 드문 일인데, 5번의 장례식은 전혀 예상하지 못했고 이례적이었다.

하지만 이런 시기에 나는 학교 지도자로서 슬픔에 빠져 있는 학생과 교사들, 학교 공동체와 함께 고통을 나누는 것이 얼마나 중요한지 알고 있었다. 어떤 말로도 고통을 덜어줄 수는 없지만, 고인의 부모에게 몇 마디 조의를 표하는 것도 교장으로서 해야 할 매우 슬픈 일이다. '자식이 부모보다 먼저 죽으면 불효이며, 부모는 자식이 죽으면 가슴에 묻는다'는 한국 속담이 있다. 아이를 잃은 부모들이 없다면 얼마나 좋을까.

그해 5명의 제자들의 목숨을 앗아간 정확한 이유와 정황은 알 수 없지만, 그들과 요즘 많은 젊은이들의 죽음이 직접적 혹은 간접적으로 정신건강과 관련이 있다고 생각한다.

청소년기는 유년기에서 성인으로의 전환을 시작하는 중요한 시기이다. 흔히 젊은이들에게 영향을 미치는 많은 요인 중 정신건강과 복지상태는 간과된다. 불행히도 미국뿐 아니라, 청소년 자살과 우울증 비율이 높은 아시아 국가들(특히 한국)에서는 정신질환을 논의하는 것조차 꺼리는 듯하다.

정신건강 문제가 증가하고 있고 전 세계적으로 5명의 청소년 중 1명 이상이 매년 정신 질환을 경험하는 것으로 추정되지만, 학교와 사회는 이 심각한 문제를 해결하기 위해 충분한 노력을 기울이지 않는다. 그러므로 가정에서 부모들이 경고 신호를 인식하는 것은 매우 중요하다.

미국의 전국정신질환연합회(National Alliance on Mental Illness, NAMI)는 뉴욕의 월터 패나스 고등학교에 재직하는 동안 친숙해진 미국의 단체다. 이 연합회는 14~18세 청소년들에게 정신건강에 대한 대화를 시작하기 위해 지역사회와 단체가 이용할 수 있도록 '큰 소리로 외쳐라(Say It Out Loud)'라는 슬로건으로 2015년 발족했다. NAMI의 메시지는 명확했다.

"이제 침묵을 끝낼 때가 되었다. 젊은이들과 정신건강에 대해 건설적으로 이야기할 시간이다. 큰 소리로 말할 때이다."

다음은 NAMI에서 말하는 10가지 경고 신호이다.

1. 매우 슬픈 감정 혹은 내성적 및 의욕 상실 상태가 2주 이상 지속
2. 자해나 자살을 계획하거나 시도
3. 통제 불능, 위험을 감수하는 돌발 행동
4. 때로는 이유 없이 갑작스럽게 심장이 쿵쾅거리고 호흡이 가빠지며 압도적인 공포감을 느낌
5. 단식, 거식, 체중감량을 위한 설사약 복용, 상당한 체중 감소 혹은 증가

6. (인간)관계에 문제를 야기할 만한 심각한 감정의 변화

7. 약물이나 알코올의 과다 사용

8. 행동이나 성격 또는 잠버릇의 급격한 변화

9. 집중하거나 가만히 있기를 상당히 어려워함

10. 친구들과 어울리거나 수업 참여와 같은 일상 활동을 매우 걱정하거나 두려워함

이러한 경고 신호 중 어떤 징후라도 보인다면 심각하게 받아들여야 하며 정신건강 전문가의 도움을 받아야 한다.

NAMI 단체에서 '큰 소리로 외쳐라'라는 모토로 활동을 시작할 즈음, 몇몇 학생이 교장실을 방문했다. 그들은 "우리 학교에 '워리어즈 정신건강 클럽(Warriors Mental Health Club)'이라는 새로운 단체를 추진하고 싶습니다."라고 요청했고, 나는 망설임 없이 이에 전폭적인 지지를 약속했다.

이 클럽의 주된 목표는 정신건강이라는 주제와 관련된 토론에 거부감을 줄이고 우울증, 자살 충동, 불안, 섭식 장애, 자해, 마약과 술과 같은 물질 사용 등의 문제를 학교공동체에 알리는 것이었다.

그 클럽은 세미콜론(;)의 문장부호를 대표 이미지로 선정했다. 정신건강 복지를 옹호하고 자살방지 촉구에 초점을 둔 에이미 블루엘(Amy Bleuel)이 2013년에 설립한 미국의 비영리 단체 '세미콜론 프로젝트(Project

Semicolon)'에서 따온 것이다. 영문학에서 세미콜론은 작가가 문장을 끝내지 않을 때 사용되는 부호이기에, 삶을 계속하는 것을 의미한다.

이 클럽은 매우 성공적이었고 뉴욕주 교육부가 10대가 리더 역할을 하고 지역사회에 변화를 일으키는 모범적인 프로그램으로 선정했다. 정신 건강과 복지 문제는 학생과 학부모에게 최우선 과제여야 한다.

나의 이야기가 끝나지 않음을 뜻하는 세미콜론

"당신은 저자이고 문장은 당신의 삶이다."

"You are the author

and the sentence is your life."

– 세미콜론 프로젝트 (Project Semicolon)

PART IV

내가
꿈꾸는,
바라는,
그리는학교

27

제2바이올린

Second Violin

"수석 바이올리니스트는 쉽게 찾을 수 있지만,

그와 같은 열정을 갖춘 차석 바이올리니스트를 찾는 것이 문제입니다.

제2바이올리니스트가 없다면 화음을 만들 수 없으니까요."

"Can get plenty of first violinists, but to find someone who can play

the second violin with as much enthusiasm - that is a problem.

And if we have no second fiddle, we have no harmony."

– 레너드 번스타인 (Leonard Bernstein)

뉴욕시에 처음 취직을 하고 좋았던 기억 중 하나는 적은 월급을 아껴서 레너드 번스타인이 다년간 지휘해온 뉴욕 필하모닉 연주를 들으러 링컨센터에 간 일이다.

번스타인을 포함한 많은 지휘자들이 제1바이올린 연주자 같은 열정을 가진 제2바이올린 연주자를 찾기가 점점 더 어려워지고 있다고 한다. 게다가, 제1바이올린과 아름다운 조화를 이루어 연주할 수 있는 제2바이올린 연주자를 찾기도 어렵다고 한다. 최고, 1등만을 기억하고 축하해주는 세상에 살고 있지만, 실제로 위대한 오케스트라를 이끌어가기 위해서는 제2바이올린이 동등한, 아니 어쩌면 훨씬 더 중요한 부분임을 말하고 있는 것이다. 여기에 최고의 자리에 있는 모든 사람이 겸손함과 공존의 사고방식을 가져야 한다는 중요한 메시지가 담겨 있다. 번스타인의 제2바이올린이 제1바이올린과 똑같이 중요하다는 신념이 바로 교육에도 접목해야 할 사고방식이다.

내가 한국에서 경험한 것 중 이해하기 힘든 부분이 있다. 종종 야구나 축구 같은 운동 경기에서 2등을 하면 코치가 사실상 승리하지 못한 것에 대해 '사과'를 하는 인터뷰를 한다. 많은 학생들과 학부모들은 '최고'가 되고 싶어 한다. 경쟁적인 학교 환경에서는 혼자 잘하는 것만으로는 부족하다. 그런 환경에서 성공하려면 다른 사람을 이겨야 하며 '특출하게 뛰어나야만 한다'고 들었다. 1등이 되려는 아이들을 너무 힘들고 빠르게 몰고 가는 우리 사회의 경쟁적인 모습이 아이들의 자존감에 영향을 미치고 심각한 정신건강 문제를 초래하기도 한다.

경쟁이 나쁘거나, 학생들이 실패를 경험하지 않아야 한다는 것이 아니다.

반대로 학생들은 이 모든 것을 경험해야 하며 경쟁에서 지더라도 성공할 수 있다고 믿는다. 그러나 다른 사람들과 경주에 임할 때에 최선을 다하게 되지만, 경쟁 상대가 없을 때는 나태해지고 평범해진다는 주장이 항상 옳지는 않다고 생각한다. 나는 수년간 실패를 거듭한 끝에 교장이 되었는데, '경쟁'은 결코 나에게 동기부여가 되지 못했다. 아이들을 가르치는 데 한 번도 열정이 식은 적이 없고 그들의 삶이 더 나아지기를 바라는 목표의식을 잃은 적이 없었다. 결국 인내, 끈기, 용기, '절대 포기하지 않는 태도'가 나를 목표에 도달하게 했다.

"레너드 번스타인이 옳다.
우리가 사는 세상에는
더 많은 제2바이올리니스트가 필요하다."

"Leonard Bernstein is correct;
we need more second violinists in the world."

28

영화의 한 장면처럼

A Scene from a Movie

그날은 마치 영화에 나오는 한 장면 같았다. 〈죽은 시인의 사회(Dead Poets Society)〉, 〈스탠드 업(Stand and Deliver)〉, 〈홀랜드 오퍼스(Mr. Holland's Opus)〉나 〈언제나 마음은 태양(To Sir With Love)〉 같이 교사가 출연하는 영화처럼.

교단에서 내려오는 마지막 날은 모든 교사에게 아주 특별한 날일 것이다. 32년 교직생활 내내 하던 것처럼, 그날도 오전 7시가 되기 전에 학교에 도착해 한 바퀴 학교건물을 돌아본 후, 커피를 마시면서 이메일을 확인하고 학생들과 교사들을 맞이하기 위해 사무실 문을 열고 학교 정문으로 향했다.

그때 나는 예전과는 다른 무슨 일이 벌어지고 있음을 직감했다. 어떤 이유인지, 학생들과 교직원들 모두 파란색과 금색(학교의 공식 색깔) 티셔츠를 입고 들어오고 있었다. 미국 학교에서는 특별행사나 운동경기가 있는 날에 흔히 옷 색깔을 맞춰 입는데, 그날은 아무 행사도 없는 날이었다.

나는 학생과 교사, 교사들 사이, 교사와 학부모의 관계를 강조함으로써 긍정적인 교육환경을 조성하는 것을 항상 중요시해왔다. 학생 한 명 한 명이 가능성을 실현한다는 공통의 목표를 향해 협력해가면 훌륭한 학교가 된다고 믿었다. 월터 패나스 교장으로 부임하면서 나는 학교를 대표하는 모토로 '한 학교, 한 가족'을 채택했다.

티셔츠 앞면에는 눈에 익숙한, 바로 그 모토가 붙어 있었다. 한 학생이 나에게 다가오면서 "이건 선생님을 위한 거예요(This is for you)."라고 외치며 뒤로 돌아서서 등에 적힌 문구를 보여주었다. '고맙습니다. 선생님(Thank you, Mr. Yi)!'이라고 적혀 있었다.

〈죽은 시인의 사회〉 영화의 한 장면이 떠올랐다. 떠나는 선생님에게 감사를 표하려고 학생들이 하나 둘 책상 위에 올라서던 바로 그 장면 가운데 내가 서 있는 것만 같았다.

학생들과 교사들이 한 명씩 나에게 다가오면서 말없이 등 뒤를 보여주었다. 몇 달 전에 이미 은퇴를 알려서 모두 오늘이 내가 출근하는 마지막 날이란 걸 알고 있었고, 일부 학생과 교직원이 사비를 모아 티셔츠를 만든 게 분명했다. 나에게 감사 표시를 하기 위해서. 누구에게나 인생의 빛나는 순간이 존재한다. 나에게는 그 순간이 잊을 수 없는 추억의 한 장면이다.

"영화 〈원더〉에 '모든 사람은 일생에 적어도 한 번은
기립 박수를 받아야 한다.'라는 말이 나온다.
나에게는 바로 그날이 기립박수를 받은 날이고
잊지 못할 순간이었다.
월터 패나스 고등학교, 감사합니다!"

"In the movie "Wonder," there is a quote,

"Everyone in the world should get a standing ovation

at least once in their life."

Well, this was the standing ovation that I will never forget.

Thank you, Walter Panas High School!"

월터 패나스 고등학교 교사들과 마지막 날

나의 은퇴를 기념하며 학생들과 교사들이 제작한 티셔츠

29

관계처럼 중요한 것이 있을까?

Relationship, Relationship, Relationship

산 속이나 무인도에 혼자 살고 있지 않는 한, 주변 사람과의 관계(사랑하는 사람들, 친구, 직장 동료 등)를 얼마나 잘 맺는지에 따라 성공, 더 중요하게는 행복 여부가 달려 있다. 그 능력이 없다면, 삶의 어떤 부분에서도 잘 지내는 것이 아니다.

'이상적인 교육자가 되기 위해 갖추어야 할 가장 중요한 능력은 무엇일까?'라는 질문에 나는 서슴없이 '관계(relationship)'라고 대답할 것이다. 목적의식, 동기 부여, 인내와 같은 모든 것이 매우 중요한 요소지만, 주변 사람과의 좋은 관계를 유지하지 못한다면 다른 것은 무용지물이다.

뉴욕에서 은퇴하고 국제학교로 돌아온 이래, 최근 2년 동안 내가 맡은 직책은 '학부모 협력관(Head of Parent Relations)'이었다. 학부모와의 관계에 절실함을 느낀 학교 측에서 이 역할을 맡아달라고 요청했고, 이 직책을 맡으면서 특히 학교 내에서의 관계의 중요성을 더욱더 실감하게 되었다.

학교에서 가장 중요한 이해관계자(stakeholders)인 학생, 교사, 부모 간에는 반드시 긍정적인 관계가 유지되어야 한다. 인간은 관계에 대한 욕구와 필요성에 대해 '강력한 본능'을 가지고 있다고 믿는다. 우리 모두는 건강하고 진정한 관계를 통해 풍요로워지는 사회적 존재이다. 이런 관계를 유지하지 못하면 학생들이 학교에서 좋은 성과를 낼 가능성은 낮아진다. 긍정적인 관계와 학생의 성취도는 물론 사회적·정서적 행복과도 확실한 연관성이 있다는 연구 결과에 상당히 공감한다.

나는 항상 학생들에게 여러 선생님과 좋은 관계를 유지할 것을 강조했다. 여러 면에서 학생들에게 도움이 되기 때문이다. 무엇보다도, 선생님의 추천서는 미국 대학 지원 과정의 필수적인 부분이다. 선생님으로서 수백 통의 추천서를 부탁받는데, 내가 그 학생을 잘 모르기 때문에 매우 일반적인 종류의 편지를 써야 할 상황이 종종 있다. 그렇게 때때로 '평범한' 추천서를 써야 할 때 마음이 아프다. 반면에 여러 해 동안 친밀한 관계를 유지했던 학생들의 경우에는 상세하고 구체적인 예시를 들면서 그 학생만의 장점을 드러내는 추천서를 쓰게 된다. 진솔한 추천장은 스승과 제자의 관계를 직접 보여주면서 대학입학에 긍정적인 영향력을 끼치게 된다.

또한 교사들은 사회 전반적인 경험에 대해 전문적인 조언을 줄 수 있다. 현재 한국에서 근무하고 있지만, 옛 제자들로부터 미국 교직에 대한 질문을 받는 경우가 많다. 학생을 돕고자 하는 교사의 내재된 본능을 마음껏 활용하기 바란다.

마지막으로, 교사들은 학생들을 위한 멘토 역할을 할 수 있다. 중고등학교 시기는 신체 및 정서적으로 많은 변화를 겪는다. 이 격동의 시기에 지도를 받을 수 있는 성인이 있는 것은 큰 도움이 된다. 이 부분에서 청소년들은 부모님보다 선생님들의 조언을 더 신뢰하기도 한다. 부모님의 말은 잔소리로 여기기 쉽고 믿을 만한 선생님의 한마디가 더 큰 역할을 할 수 있다. 학생들이 학업적으로 성공할 수 있도록 도울 뿐만 아니라 인생에서 성공할 수 있도록 이끌어야 진정한 교사이다.

오래된 제자와 만날 수 있다는 것에 감사하다. 한국에 있는 40대 중반의 제자들과 만나 골프를 치면서 옛 추억을 떠올릴 수 있는 것은 큰 축복이다. 모든 학생이 적어도 한 명(물론 많을수록 좋다)의 믿을 만한 선생님을 찾기 바란다. 학생을 평가하는 입장에 서기보다는 편견 없이 지지해주고 걱정거리를 서슴없이 털어놓을 수 있는 지지자 역할을 할 수 있는 선생님이 학교에 많아졌으면 좋겠다.

"인간관계가 전부다!"

"Relationships are everything!"

30

특수교육과 특별교육
Special Education and Exceptional Education

미국에서는 특수교육(Special education)을 특례/특별교육(Exceptional education)이라고도 부른다. 위키피디아에서는 특수교육을 '개인차와 각각의 수요를 다루는 교육(the practice of educating students in a way that addresses their individual differences and needs)'이라고 정의한다. 한편, 케임브리지 사전은 '다른 아이들과 다른 방식으로 가르쳐야 하는 신체적 또는 정신적 장애가 있는 아이들을 위한 교육(education for children with physical or mental problems who need to be taught in a different way from other children)'이라고 정의하고 있다. 네이버 지식백과에 따르면 '신체적 · 정신적 · 사회적 발달의 장애 등으로 인하여 특수한 교육적 요구를 지닌 아동을 대상으로 하는 교육'이라고 나와 있다.

이렇게 특수교육은 각 나라에 따라 조금씩 다른 의미를 담고 있다. 나는 3가지 중 위키피디아의 정의가 가장 마음에 든다. 케임브리지 사전과 네이

버와는 달리 '신체적 또는 정신적 문제'나 '장애'라는 단어를 전혀 언급하지 않았기 때문이다.

하이더 자헤드 박사(Dr. Hyder Zahed)는 다음과 같은 말을 했다.

"언어는 인류가 사용할 수 있는 가장 강력한 힘이다. 우리는 이 힘을 격려의 말과 함께 건설적으로 사용할 수도 있고, 절망의 말과 함께 파괴적으로 사용하며 선택할 수 있다. 언어는 지원, 치유, 방해, 해침, 굴욕, 겸손할 수 있는 능력을 가진 에너지와 힘을 가지고 있다."

개별화된 교육이 필요한 학생들을 정의하고 식별하는 방법과 사회에서 특수교육을 보는 시각은 매우 중요하다. 사전적인 의미나 사회에서 불리는 용어가 중요하지 않다고 말할 수 있지만, 우리는 '불구자(disabled person)'라는 단어보다는 '장애를 가진 사람(person with a disability)'이라고 말할 필요가 있다.

대학 졸업을 앞두고, 나는 특수교육 분야에도 관심을 갖고 있었다. 왜 거리에서 장애를 가진 사람을 거의 볼 수 없는지 항상 궁금했다. 친구들에게 특수교육에 대해 물었더니, 그게 무엇인지 아무도 몰랐다. 그래서 문교부(현 교육부)를 방문하기로 했다. 예상한 대로, 그 당시 문교부에 특수교육

부서는 없었다. 딱 한 곳에서 시각 및 청각장애인을 위한 특수교육을 담당하고 있다고 직원이 설명해주었다.

미국 특수교육법에 적용되는 장애 사례들은 시청각 장애 외에도 자폐증, 언어 장애, 학습 장애, 정서 장애, 지적 장애(다운 증후군) 등을 포함하고 있다. 1980년대 초반 한국에는 이런 유형의 장애인을 위한 별도의 학교가 없기 때문에 그들은 특별한 지원 없이 일반 학생들과 함께 학교에 다니면서 지역사회 교회와 단체에서 특별한 도움을 받아야 했다. 매우 실망스러웠지만, 내가 특수교육 분야에 종사하게 되면 언젠가 한국으로 돌아와 이 문제와 관련해서 무엇이든 돕고 싶다는 생각을 했다.

미국 공립학교에서는 특수교육이 필요한 아이들에게 다른 아이들과 동일한 교육의 기회 제공을 의무화하는 법이 1975년부터 시행되고 있었다.

1980년대의 한국 실정으로는 공교육의 예산이나 자원이 한정되어 있기 때문에 특수교육에 대한 관심이 부족했을 것이다. 하지만, 현재 세계 10위를 향해 가고 있는 한국의 경제 위상과 세계에서 사교육에 가장 돈을 많이 쓰는 나라임을 고려할 때, 특별한 도움이 필요한 모든 아이에게 적절한 교육을 제공할 수 있는 자원이 충분하다고 본다.

불행히도 아직까지는 특수교육에 대한 관심과 지원이 부족해 보인다. 또한 장애를 가진 사람들을 바라보는 대중의 시선이 여전히 차갑게 느껴진다. 몇 년 전, 서울 한 동네에서 막 개교하려는 특수교육 학교에 관한 충격적인 뉴스를 보았다. 지역사회 일부에서 부동산 가치 하락을 주장하며 개교 반대 시위를 벌이고 있었고, 특별교육이 필요한 아이의 부모들이 시위대 앞에서 무릎을 꿇고 있는 모습이 보도되었다. 대다수가 자식을 키워본 부모인데도 꼭 반대를 해야 하는지 안타까웠다.

엄격한 IB 프로그램을 제공하는 학교에서는, 특별교육이 필요한 학생들을 포함한 모든 아이가 졸업 전에 적어도 하나 이상의 IB 과목을 수강하게 한다. 적절한 지원과 개별화된 관심만 있다면, 모든 아이가 성공적으로 할 수 있다고 믿는다. 앞에서 언급한 특수교육의 정의인 '개인차와 각각의 수요를 다루는 교육(the practice of educating students in a way that addresses their individual differences and needs)'과 같은 맥락이다.

공교육을 의무적으로 받을 수 있는 권리는 한국을 포함한 세계 여러 나라에서 인정하는 인권의 일부이다. 특별한 교육이 필요한 학생도 다른 학생들과 마찬가지로 그들의 잠재력을 최대화할 수 있는 교육환경을 보장받아야 한다. 언젠가 모든 학생이 신분, 편견, 고정관념이나 불평등 없는 학교에 다닐 수 있기 바란다.

"누군가는 장애를 보지만, 특수교육 교사들은 가능성을 본다."
"Some see the disabilities,
but special education teachers see the possibilities."

31

순간을 소중하게
Embrace the Moment

한국 사회의 암울한 현실을 적나라하게 보여주면서 화제를 모았던 드라마 〈스카이 캐슬〉은 학부모라면 누구나 다 시청했을 것이다. 딸의 서울의대 입학을 위해 무슨 일이든 하려는 엄마가 딸에게 말한다.

"엄마는 너의 내일이 오늘보다 더 중요해."

나는 이 말에 전적으로 동의하지 않는다. (한국 교육을 받고 자란 아내의 의견은 나와 다르지만…) 내일에 대한 걱정이 앞선다면 오늘을 충분히 느낄 수 없다고 믿는다. 걱정하든 말든 내일 일어날 일은 벌어진다. 그리고 걱정은 어느 누구에게도 도움이 안 되기 때문에, 부모님들은 아이들이 그들의 정신적인 에너지를 그들 앞에 놓인 현안에 전념하도록 도와야 하지 않을까? 매 순간을 소중히 여기고, 오늘 할 수 있는 것에 최선을 다하면서, 그 꿈을 향하는 과정을 즐기는 것도 중요하다는 말이다.

'인생은 우리가 호흡하는 횟수가 아니라 숨 막힐 정도의 멋진 순간으로 채워진다(Life is not measured by the number of breaths we take, but by the moments that take our breath away).'는 말이 있다. 우리가 현재 순간을 살기 시작할 때, 삶의 만족도와 행복지수가 높아진다는 것은 많은 심리학자들의 오랜 연구 결과로 입증되고 있다.

다음은 그동안 내가 학생 및 부모님들과 나누었던 몇 가지 제안이다.

1. 미소 짓기 (Smile)
2. 매일 하는 일들을 여유 있게 즐기기
   (Take time to enjoy what you are doing each day)
3. 낙관적으로 생각하기 (Be optimistic)
4. 실수를 통해 배우면서 그것에 연연하지 말기
   (Learn from your mistakes, but do not dwell on them)
5. 오늘의 순간을 소중히 여기기 (Appreciate the moments of today)
6. 미래를 꿈꾸지만 오늘 열심히 일하기
   (Dream about the future, but work hard TODAY)
7. 내면의 소리에 귀 기울이기 (Listen to your inner voice)
8. 오늘이 내 남은 인생의 첫날이다.
   (Today is the first day of the rest of your life.)

9. 마음챙김 연습하기 (Practice mindfulness)

10. 내 주변 사람들과 관계 맺기 (Connect with people around you)

11. 삶은 100m 단거리가 아닌 마라톤임을 기억하기

    (Life is a marathon, not a 100m sprint)

12. 감사하기 (Be grateful)

13. "어제는 과거, 내일은 미래, 오늘은 선물이다."

    ("Yesterday's past, tomorrow's the future, but today is a gift.

    That's why it is called the present." - Bill Keane)

14. 순간을 소중히 여기기 (Embrace the moment)

이러한 내용과 마음가짐은 하찮아 보일 수 있지만 각종 정신질환이 증가하는 현대사회에서, 특히 미래에 대한 불안, 치열한 경쟁과 교우관계, 부모와의 갈등에 시달리며 살아가는 청소년들 가운데 우울증이나 자살을 예방할 수 있는 치료법이 될 것이다.

"청소년이여, 하루에 충실하라.

비범한 삶을 살아라."

"Carpe Diem. Seize the day,

boys (and girls),

make your lives extraordinary."

– 영화 〈죽은 시인의 사회〉 중에서

32

큰 꿈을 향해!

Dream Big!

교육자로서의 내 여정은 2,000여 명의 학생, 교사, 학부모가 모인 뉴욕에서 막을 내렸다. 1986년 교사의 길을 선택한 이래, 내가 학생들뿐 아니라 내 아이들에게 항상 강조한 좌우명이 있다. '꿈을 크게 가져라(Dream big).' 뉴욕시에서 생물 교사로 시작해서 유대인이 대다수인 웨스트체스터 지역에서 최초로 아시안계 고등학교 교장이 된 후에도 나는 항상 참을성과 '절대 포기하지 말자(Never ever give up)'는 태도만 있다면 무슨 일이든 해낼 수 있다고 믿었다. 노벨문학상 수상자인 프랑스 시인 아나톨(Anatole)은 이렇게 말했다.

"위대한 일을 이루기 위해서는 행동을 취해야 할 뿐 아니라
이상을 가져야 한다. 또한 계획을 하면서 신념을 가져야 한다."

"To accomplish great things, we must not only act but also dream;

not only plan but also believe."

한강에서 시작된 나의 교육 여정은 2017년 6월 24일 공식적으로 마무리
되었다. 미국의 고등학교 졸업식에서는 일반적으로 교장이 마지막 연설을
하는데, 다음은 퇴직하기 며칠 전 나의 마지막 연설에서 발췌한 내용이다.

안녕하세요.

2017년 월터 패나스 고등학교 졸업생들을 위해 교장으로 마지막 연설을
하게 되어 너무나 기쁩니다. 아시다시피, 올해 제가 은퇴를 하게 되어 이번이
교장으로 패나스 학교에서 하는 마지막 졸업식입니다. 따라서 교사로서 학
생들과 함께하는 '마지막 수업'이겠죠.

31년 전 교사가 되었을 때, 스승이셨던 로건 선생님께서 수업할 때 첫 몇
분 동안 학생들의 관심을 사로잡는 것이 얼마나 중요한지 가르쳐주셨습니
다. 여러분의 관심을 끌기 위해, 제 아들이 가장 소중해하는 것 중 하나인
이 골프모자를 보여주면서 연설을 시작하려고 합니다.

매년 졸업 연설을 준비하면서 저명인사들의 유튜브 동영상에서 영감을
받습니다. 제가 가장 좋아하는 것은 2005년도 스티브 잡스(Steve Jobs)가
했던 스탠포드 대학 졸업식 연설입니다. 안 보셨다면, 인생의 다음 단계를

〈졸업연설(2017.06.24)〉

준비하는 이 중요한 시기에 꼭 보시기를 추천합니다. 다음은 그중에서도 기억에 남는 말입니다.

- 너의 마음을 따라라. 그리고 마음이 향하는 곳을 안다고 믿어라.
- 일어날 수 있는 최악의 일이 때로는 가장 좋은 일이 될 수도 있다.
- 하루하루를 삶의 마지막인 것처럼 살아라.
- 다른 사람의 인생을 사는 데 시간을 낭비하지 말고, 내면의 목소리에 귀 기울여라.
- 늘 갈망하고, 우직하게 나아가라.

물론, 윌 페렐(Will Ferrell)이 모교인 USC에서 했던 재미있는 졸업연설도 있습니다. 휘트니 휴스턴(Whitney Houston)의 노래 〈I Will Always Love You〉 전체를 다 불렀죠. 학생들에 대한 제 감정이나 여기 계신 모든 분이 이 노래 제목과 같이 느끼겠지만, 오늘 저는 이 노래는 부르지 않을 것이니 안심하시기 바랍니다. (웃음)

어떤 사람들은 이 졸업식이 끝맺음을 의미한다고 생각할 수 있습니다. 반면 'commencement'라는 단어는 '시작하다'라는 뜻입니다. 그러면 오늘 우리가 졸업식에서 시작하려는 것은 무엇일까요? 졸업생들은 자신의 인생 가운데 가능성, 기회와 성취로 가득 채울 다음 단계로 나아갈 것입니다.

이번 달 학교 앞 현수막에 걸린 문구를 아마 보셨을 것입니다. 엘리스 섬 박물관에 걸려 있던 인용문으로, '여행은 한 장소에서 다른 장소로의 모험이다.'라는 말이 쓰여 있습니다. 2년 전 〈스타 트렉〉에서 스팍 역을 맡았던 레너드 니모이가 세상을 떠났을 때, 저는 그해 졸업식 연설에서 얼마나 제가 〈스타 트렉〉의 광팬인가를 모든 사람에게 이야기했죠. 올 9월에 새로운 TV 시리즈인 〈스타 트렉 디스커버리〉가 방영된다는 소식을 들었을 때 저는 기뻐서 펄쩍 뛰었습니다. 다른 모든 〈스타 트렉〉 영화와 TV 시리즈와 마찬가지로 이 시리즈 역시 유명한 서문으로 시작할 것이라고 확신합니다.

"이제 5년간 우주선 엔터프라이즈의 항해를 떠날 것이다. 낯선 새로운 세계를 탐험하고, 새로운 삶과 새로운 문명을 찾아내고, 아무도 가보지 못한 곳으로 한 걸음 더 나아가는 임무를 완수하기 위해서."

오늘 이후, 여러분 모두는 큰 꿈과 목표를 성취하기 위해 영감을 줄 경험을 찾는 여행을 새롭게 시작할 것입니다. 졸업생 대부분은 17~18년 전 바로 이곳에서 인생 여정을 시작했겠죠. 하지만 지금은 오하이오, 미시간, 텍사스, 캘리포니아 그리고 전에는 가보지 못했던 다른 곳으로 떠나게 될 것입니다. 비록 가족과 친구들을 남겨두고 떠나지만, 언젠가 돌아올 것입니다.

패너스 고등학교에서 얻은 경험을 바탕으로 여러분의 길을 찾아 나서길 바랍니다. 저 역시 이 졸업식을 마지막 공식 행사로 끝내고 새로운 여행을 시작할 것입니다. 31년 전 퀸즈 베이사이드에서 생물 교사로 출발했고 다음 주가 뉴욕주에서 은퇴하기 전 마지막 주라는 게 믿기지 않습니다.

2015년 1월 패나스에 다시 돌아 왔을 때, 1986년 우주왕복선 챌린저호 참사로 사망한 7명의 우주인 중 한 명인 크리스타 매콜리프의 문장이 적힌 버튼과 스티커를 동료 교사들에게 나누어주었습니다. 1986년은 제가 교사가 된 바로 그해였고, 매콜리프의 말처럼 가르침은 저의 소명이었습니다. 'I touch the future, I teach.'라는 그 한 문장이 저에게 학생들과의 소통을 중요하게 여기는 최고의 선생님이 되는 영감을 주고 저를 이끌어주었습니다. 이번 졸업생들이 학교에서 4년 동안 보여준 모든 성과에 저는 진정으로 감명을 받았습니다. 이제 학교를 떠나 꿈을 쫓을 때, 훨씬 더 큰일을 성취하고 타의 모범이 될 것임을 저는 믿어 의심치 않습니다.

타인과 공감하고 타인에게 친절을 베푸는 것이 사회적 · 정서적 지능을 가늠하는 진정한 척도라고 합니다. 저는 여러분 각자가 자신뿐만 아니라 어떻게 하면 풍요로운 시민이 되고 우리가 살고 있는 지역사회와 세계에 변화를 가져올 수 있는지에 대해 생각해보았으면 합니다.

열정이라는 단어가 졸업식 연설에 지나치게 흔히 사용되는 단어라는 것을 알지만, 진정한 행복과 성공의 주요 요소는 열정이라고 믿습니다. 저는 여러분 모두가 삶에 기쁨을 가져다줄 '내면의 불꽃'을 발견하기 바랍니다.

저에게 가족과 학교는 매우 중요한 2가지입니다. 그리고 저를 열정적으로 만드는 또 한 가지가 있는데, 바로 이 골프 모자를 가지고 온 이유이기도 합니다. 제가 골프광이라는 것은 제가 일했던 모든 학교에서 모르는 사람이 없을 정도이지요! 저는 게임의 도전적인 성격뿐만 아니라, 전혀 모르던 사람이라도 저만큼 골프를 사랑하는 사람과 필드에서 만나면 친밀감을 느낄 수 있기에 이 게임을 좋아합니다. 운동을 즐기는 사람 가운데 골퍼들이 가장 낙관적이라는 말이 있기도 합니다.

18홀을 칠 때 홀마다 파를 하는 '완벽한' 게임을 상상합니다. 아쉽게도 몇 번 비슷하게 쳤지만, 아직 그 목표에 도달하지는 못했습니다. 하지만 언젠가 그렇게 될 것이라는 꿈을 놓지 않고 계속 연습할 것입니다. 골프처럼 인생은 완벽하지 않습니다. 여러분 모두가 우여곡절, 실망과 실패, 장애물과 좌절을 겪게 될 것입니다. 이러한 도전을 어떻게 대처하느냐가 당신의 진정한 성격을 결정하고 인생의 진로를 이끌어갈 것입니다.

(모자를 보여주면서) 이 모자에는 매우 유명한 골프선수 타이거 우즈의 사인이 있습니다. 15년 전, 당시 10살이던 아들과 함께 골프 대회 관람을 간 적이 있었는데, 그때 제 어린 아들은 골프에 푹 빠져 있었고, 롤모델은 말 그대로 모든 토너먼트에서 이기고 있는 타이거 우즈였습니다. 우리는 경기가 끝나고 수백 명의 팬 사이에서 타이거 우즈를 볼 수 있기를 기원하며 몇 시간 동안 기다렸습니다. 우리가 서 있던 바로 그곳으로 타이거가 길을 건너는

것은 대단한 행운이었습니다. 그리고 그는 멈춰 서서 제 아들 모자에 사인을 해주었습니다. 아들은 기뻐서 몇 주 동안 그 이야기를 계속했습니다.

최근에 타이거 우즈에게 무슨 일이 일어났는지 대부분 알고 있을 것입니다. 그는 돌이킬 수 없는 커다란 실수를 저질렀습니다. 하지만 그가 전성기에 성취한 업적은 다른 어느 골프 선수들에 의해서도 쉽게 깨지지 않을 기록입니다.

지난 일요일은 아버지의 날이었습니다. 저에게 최고의 선물은 아침에 골프 라운딩하고 하루 종일 TV로 US 오픈을 보는 것입니다. 2008년, 여느 아버지의 날과 같이, 세계에서 가장 아름다운 코스 중 하나인 샌디에고 Torrey Pines에서 US 오픈이 열리는 것을 보고 있었습니다. 타이거가 마지막 퍼팅을 성공해야 동점이 되고 연장전까지 가서 승패가 갈리는 상황이었습니다. 저는 하루 종일 텔레비전에 달라붙어 있었고 옆에 앉아 있는 아들에게 타이거가 이 퍼트를 해낼 거라고 말했습니다. 결국 그는 해냈고, 다음 날인 월요일에 18홀의 추가 연장 라운딩을 해서 우승했습니다. 타이거 우즈의 이번 우승이 더욱 놀라운 것은 왼쪽 무릎 관절 수술 때문에 8주 동안 골프를 멀리하고 있다가 대회에 출전했다는 사실이었습니다. 게다가 왼쪽 무릎 인대가 찢어져 앞으로 6~12개월 동안 경기를 할 수 없을 것이라는 사실이 며칠 후에 알려졌습니다.

경기에 대한 그의 결의와 열정은 어느 누구와도 비교할 수 없을 정도였습니다. US 오픈이 시작되기 전에 의사들이 그에게 목발을 짚고 다녀야 한다고 말했습니다. 타이거 우즈는 자신감 있게 "나는 US 오픈 대회에 출전할 것이고 이길 것이다."라고 말했습니다. 그의 코치는 대회가 끝난 후 "그는 다리가 부러지고 인대가 늘어나는 부상에도 불구하고 US오픈에서 우승했다. 골프채를 휘두를 때마다 고통스러울 것을 알고 있었지만, 공을 친 후에야 통증을 느낄 수 있기 때문에 경기를 잘 마칠 수 있었다."라고 말했습니다. 한 골프 분석가는, 그가 남긴 기록을 모든 스포츠에서 가장 위대한 업적 중 하나라고 묘사했습니다.

제가 타이거 우즈를 특별히 골퍼로서 높이 존경하는 부분은 스윙을 하기 전에 모든 골프 동작의 영상을 마음속으로 그려보는 그의 능력입니다. 모든 동작에 집중하고 몰두하는 능력이 그의 성공 비결 중 하나입니다. 제가 이 이야기를 왜 여러분과 나누고 싶어 했는지 이해하시기를 바랍니다. 근면, 노력과 끈기를 대신할 수 있는 것은 없습니다. 여러분 모두 이 학교를 떠나면서 열정을 발견하고 삶의 목적을 찾아서 용기를 가지고 나아가기 바랍니다.

만약 지금 제가 힘든 시기를 겪고 있는 타이거의 코치였다면, "성공은 실패를 거듭하면서도 열정을 잃지 않고 나아가는 것이다."라는 여러분과 조회 시간에 공유했던 윈스턴 처칠의 말을 인용할 것입니다. 여러분 모두 긍정적인 사고의 힘을 이용하여 좋은 일이 일어날 것이라고 믿기 바랍니다. 당신이 원하는 것이 무엇이든, 그것이 아무리 불가능해 보일지라도 그것이 이루어질 거라고 믿는다면, 결국 이루어낼 것입니다!

여러분과 고등학교 기억의 일부를 공유하게 되어 정말 영광입니다. 제가 소중하게 여기는 것은 학생들의 우승 챔피언십과 트로피가 아니라, 여러분이 지난 몇 년 동안 나누어준 기억입니다.

여러분의 부모님과 가족이 오늘 이 자리에 함께하셨습니다. 여러분의 성취에 대한 가족의 자부심과 기쁨이 곧 그들의 지지, 격려, 사랑입니다. 졸업식이 끝나면 여러분을 사랑과 지지로 키우며 이 자리까지 이끌어준 가족의 뿌듯해하는 표정을 보시기 바랍니다. 제가 여러분을 대신해, 가족의 헌신적인 노고에 감사와 축하를 드립니다. 삶의 다음 단계를 시작하는 여러분도 저만큼 자랑스러우리라 확신합니다. 그래서 이 멋진 날에 나는 모든 젊은이에게 말합니다.

"배운 것을 실천하면서 앞으로 나아가라. 자부심을 가져라. 실패를 두려워하지 말고 도전하라. 열심히 일하고 노력하면 무엇이든 이룰 수 있다는 것을 스스로 믿으라. 꿈을 크게 가져라!"

2017년의 졸업생들은 지난 1년 동안 나에게 영감을 주었고, 오늘 졸업하는 246명 모두는 나와 함께 패나스를 졸업한 학년으로 영원히 기억할 것입니다. 이제 마지막 인사를 할 시간입니다. 축하합니다. 행운이 있기 바랍니다, 그리고 〈스타 트렉〉 스팍 선장의 말에 한마디 덧붙입니다.

"오래 살고, 행복하고, 번창하길!"

감사합니다.

2017. 6. 24. 뉴욕

Good Morning!

As your principal, it gives me great pleasure to give some final remarks to the members of Walter Panas High School's graduating Class of 2017.

As many of you know, since I am retiring this year, this is my farewell commencement ceremony as principal of Walter Panas High School; therefore, it will be my 'last lesson' to students as a teacher.

Thirty-one years ago, when I became a teacher, my mentor, Mr. Roggen, taught me how important it is to grab students' attention during the first few minutes of your lesson. Therefore, I am going to start my speech by showing you one of my son's most prized possessions, this golf hat. I will let you know why this hat meant so much to him as he was growing up later in the speech.

Each year, as I start to prepare my commencement speech, I sometimes try to get inspiration by watching YouTube videos of famous people. I would say of all the ones that I have looked at my all-time favorite was the one by Steve Jobs at the Stanford graduation back in 2005. If you have not watched it, I would strongly recommend you watch it as you are preparing the next phase of your life. It is very inspiring how he talks about the things he learned:

- Follow your heart, trust that it knows where it's going.
- The worst thing that could happen might turn out to be the best thing that could happen.
- Live each day as if it's your last.
- Don't waste your time living someone else's life; listen to your inner voice.
- Stay hungry. Stay foolish.

Of course, there are entertaining and funny videos like the one recently given by Will Ferrell, who gave a hilarious commencement address to graduates of USC, his alma mater. He sang the entire Whitney Houston's song, "I Will Always Love You." Well, I can safely assure you that I am not going to be singing "I Will Always Love You" this morning (laughter), although my sentiments towards all of you guys as well as the entire Walter Panas High School family is exactly that!

Some people might think this commencement ceremony signifies an end; on the contrary, the word commencement means to "initiate" or to "start" an endeavor. So, what is it that we initiate with our graduation ceremony this morning? The graduates are initiating or beginning the next phase in their lives, one that will be full of promise, opportunity, and accomplishments.

This month, you may have noticed a quote that I displayed on our marquee in front of the school. It is a quote from the Ellis Island Museum, and it says, "A journey is venturing from one place to another." Two years ago, when Leonard Nimoy, who played Mr. Spock, passed away, I shared with everyone during the graduation speech that year how I am a massive fan of Star Trek. When I heard that a new TV. series, Star Trek Discovery, will be airing this September, I was elated. I am sure like all the other Star Trek movies and TV. series, the new series will also start with its famous introduction: "Space … the Final Frontier. These are the voyages of the starship Enterprise. It's a 5-year mission: to explore strange new worlds; to seek out new life and new civilizations; to boldly go where no one has gone before."

Well, after today, all of you are beginning a new journey to seek out new experiences that will inspire you to fulfill your big dreams and goals. I know that for most of you, your life's journey began in Cortlandt Manor 17 or 18 years ago. But now, you are off to Ohio, Michigan, Texas, California, and many other places that you have never been before. Although you are leaving behind your family and friends, I know that you will someday return home. I hope that you will take away the experiences that you have gained from Walter Panas High School to pursue the things that you love to do.

As most of you know, I too will be starting a new journey after I finish my final official act of conducting this ceremony as your high school principal. It is hard for me to believe, but after starting as a Biology teacher in Bayside, Queens 31 years ago, next Friday will be my last day before I retire from New York State.

When I rejoined Panas back in January 2015, I gave each staff member a button and a sticker. It had the following quote by a high school teacher Christa McAuliffe, who was one of seven astronauts killed in the Space Shuttle Challenger disaster in 1986: "I touch the future, I teach." Perhaps it was just a coincidence, but 1986 was the exact year that I became a teacher, and like Christa McAuliffe, teaching was my calling. That one quote, "I touch the future, I teach," has inspired and guided me all these years to be the best teacher I could be knowing the importance of connecting with students.

I have been impressed with the accomplishments that this Senior Class has demonstrated throughout your four years at Panas. I know that when you leave Panas and pursue your dreams, you will achieve even greater things and leave a mark for others to follow. They say that having empathy and kindness is the real sign of social and emotional intelligence. I want to challenge each one of you to think not only for yourself but to think about how you could be a productive citizen and make a difference in the community and the world.

I know that the word passion is an overused word in commencement speeches, but I genuinely believe that the main ingredient to be happy and successful in life is passion. I hope all of you discover your "fire within" that will bring joy to your lives. For me, family and school are two essential things; however, there is one other thing that I am very passionate about, and that brings me back to this golf hat. It is no secret at Panas and all the schools where I have worked that I am an obsessive, compulsive golfer! I love the game, not only because of the challenging nature of the game but also the relationships that you can build with a total stranger at a golf course, who just happens to love the game as much as you do. They say that among people who enjoy team or individual sports, golfers are the most optimistic.

Every time I play a round of golf, I think about a "perfect" shot where I get a par on every hole. Well, I came close a few times, but I have never been able to accomplish that feat yet; however, I will keep practicing and dreaming that someday perhaps I will. Like golf, life is not perfect. There will be ups and downs, disappointments and failures, obstacles, and setbacks that all of you will experience. How you handle these challenges will determine your true character and shape your life's path.

So this hat has the signature of a very famous golfer, Tiger Woods. It was about fifteen years ago when I went to a golf tournament with my son, who was ten at the time. He was getting into golf, and his role model was Tiger Woods, who was almost winning every tournament. We waited for hours after he completed his round thinking that we might just get lucky amongst hundreds of his fans. Well, it was pure luck that the exact spot where we were standing, Tiger just happened to cross the path, and he stopped and signed this hat for my son. It was a simple signature on a golf hat, but my son was so happy, and he couldn't stop talking about it for weeks. I believe most of us know what happened to Tiger Woods recently. Yes, he made some terrible mistakes in his life; however, what he accomplished on the golf course during his prime years is something that may never be repeated by another golfer.

As you know, last Sunday was Father's Day, and I always tell my family that one of the best gifts is for me to play a round of golf in the morning and then watch the U.S. Open on T.V. all day. So, back in 2008, like all the other Father's Days, I was watching the U.S. Open at one of the most beautiful courses in the world, Torrey Pines in San Diego. It was Tiger's last putt to tie for the lead and force a playoff. I was glued to the television all day, and I said to my son, sitting next to me, Tiger is going to make this putt. Well, he did, and he went on to play 19 additional holes on Monday to win the U.S. Open, his 14th, and last major tournament.

What surprised me about this win for Tiger was not the fact that he beat the best players in the world, but the fact that he played this tournament after staying away from golf for eight weeks because of arthroscopic surgery on his left knee. What was more impressive and fantastic was the fact that we learned a few days after that he had a torn ligament on his left knee and that he was not going to be able to play for the next 6 to 12 months. His determination and passion for the game were incomparable to anyone who has ever played the game. His coach, before the U.S. Open, was there with Tiger Woods when the doctors told him he should be on crutches. Tiger confidently said, "I'm playing the U.S. Open, and I am going to win." His coach said after the tournament, "He won the U.S. Open with a broken leg and a torn ACL." "He knew every swing was going to hurt, but he could do it because the pain didn't come until after he hit the ball." A golf analyst described his feat as one of the greatest achievements in all the sport.

What I admire about Tiger Woods is his ability to visualize every shot before executing the swing. The ability to concentrate and focus on every shot is one of the keys to his success. I hope you understand why I wanted to share this story with you. There is no substitution for hard work, effort, and persistence. As you leave WPHS, I want to encourage all of you to find passion, seek purpose in life, and have the courage to pursue it.

If I were Tiger's coach right now as he goes through some tough times, I would share the same quote that I have shared with all of you at our assemblies by Winston Churchill, who said, "Success is going from failure to failure without losing enthusiasm." I want all of you to take advantage of the power of positive thinking and believe that something good will happen. No matter what it is that you want, no matter how impossible it may seem if you believe and know it is yours, IT WILL BE YOURS in the end!

It indeed has been a privilege to have shared with you parts of your high school experience. What I am going to value are not the championships and trophies that you have won, but the memories that you have shared amongst yourselves and have given me for the past few years.

Your parents and family share this day with you - their pride and joy in your achievements reflect a measure of their support, encouragement, and love. After you leave this ceremony and look into their proud faces, see the love and support that has nurtured and sustained you and brought you this far in life. For you, I thank and congratulate them on a job well done.

As we ask these youngsters to start the next phase of their lives, I am sure you are as proud of them as I am. So, on this beautiful day, I say to all of these young people: Go forward, take advantage of your gifts and talents. Make us proud. Make us so proud of the accomplishments that are yet to come in your lives. Above all, believe in yourselves that you can achieve anything with hard work and effort. Dream Big!

To the class of 2017, you have been my inspiration for the past ten months. Although I may not remember the names of all 246 students who are graduating today, I will never forget the class of 2017, as the class who graduated with me from Panas, thank you, and it is time for me to give you a final salute.

Congratulations, good luck, and again borrowing the favorite phrase from Mr. Spock from Star Trek, and I am going to add another word, "Live Long, Be Happy, and Prosper!"

Thank you.

June 24, 2017, New York

33

교육 혁명

Education Revolution

"전 세계의 모든 교육 시스템은 현재 개혁되고 있지만 충분하지 않다.
개혁은 잘못된 모델을 단순히 개선해가는 것이기 때문에
더 이상 유효하지 않다. 우리가 지금 필요한 것은 교육 혁명이다."
"Every education system in the world is being reformed
at the moment and it is not enough. Reform is no use anymore
because that's simply improving a broken model.
What we need now is a revolution in education."

「학교가 창의성을 죽이고 있는가(Do Schools Kill Creativity)?」라는 영
국작가 켄 로빈슨(Ken Robinson)의 TED 연설은 10년이 지났지만 많은 사
람들이 시청하고 있다. 교육에 단순한 개정안이 아닌 혁명이 필요하다는 데
나도 동의한다.

다가오는 미래에 대해 학생들을 준비시키기 위한 변화에 학교는 너무나 안일하게 대처하고 있다. 현재 우리는 사회적·경제적·기술적으로 전례 없는 변화의 시대에 살고 있다. 우리 부모님 세대와는 확연히 다르다. 그런데 전 세계에 걸쳐 대부분의 학교 체제는 50~60년 전에 쓰던 것과 유사한 교수법을 사용하고 있다. 이것은 바뀌어야만 한다.

듣기평가 시험 때문에 비행기 이착륙을 중단하는 나라가 이 지구상에 또 있을까? 그것도 부족해서 이 특별한 날에는 증권거래소를 포함한 모든 공공기관과 기업이 한 시간을 늦게 출근한다. 경찰차는 수험생들을 시간에 맞춰 시험장으로 수송하기 위한 교통수단으로 활용되기도 한다. 가장 중요한 수능시험 일에는 말이다.

수능은 한국에 있는 약 50만 명의 학생이 매년 치르는 '삶을 결정짓는 시험'으로 알려져 있다. 물론, 한 번의 시험결과가 한 사람의 운명과 삶을 결정지을 수는 없다. 그런데도 이 시험은 한국에서 인생을 좌우하는 가장 중요한 시험으로 여긴다. 이러한 현상이 안타까운 나로서는 대안책 마련이 시급하다고 생각한다.

입시 지원과정이 크게 달라지지 않는 미국 시스템에 익숙한 나는 한국의 변덕스런 입시제도가 많이 혼란스럽다. 최근에도 2019년 11월에 교육부장관이 대학입시과정을 완전히 재정비하겠다고 발표했다. 정권과 상관없이 변하지 않는 입시제도가 절실하다. '삶을 결정하는 한 번의 시험'을 없애고 다른 시각으로 바라보아야만 혁신적인 방안이 나올 수 있다고 믿는다.

국제학생평가 프로그램(PISA) 같은 시험에서 한국 학생들이 두각을 나타내고 있지만, OECD 국가들 중 한국학생들의 행복지수가 가장 낮은 이유는 무엇일까? 아마도 초등학교부터 시작되는 많은 학업 스트레스와 연관이 있어 보인다.

한국 학생들이 주중에 공부시간을 제외하고 얼마만큼의 '휴식시간'을 갖는지에 관한 통계를 보면 초등학생은 하루에 48분, 중학생은 49분, 고등학생은 50분이었다. 어른들의 통계는 잘 모르겠지만, 나에게 하루 48분의 휴식시간만 주어진다고 생각하면 아찔하다.

한국 교육체계에서 변화되어야 할 것 중 하나는 지식 위주의 주입식 수업이다. 아직도 많은 교사들이 학생들에게 지식을 쏟아 붓는다. 학생들은 수동적으로 지식을 채워넣기에 급급하다. 그런 교육은 학생들에게 창의성과 지적욕구에 대한 갈망을 가져다주지 못한다.

2019년 수능 중 생물 시험 문제를 풀어보았다. 미생물학을 전공했고 30년 이상 생물 교사 경력이 있는데도 일부 문제는 풀기 힘들었다. 나의 한국어 이해력이 부족한 탓도 있었지만, 지식을 암기해야만 정답을 맞출 수 있는 유형의 문제가 대부분이기 때문이었다. 내가 생물 교사로 자격 미달일 수도 있다는 생각마저 들었다. 학생들이 중고등학교 내내 수능을 위한 공부를 그토록 해야 하는 이유를 알 것 같았다. 하지만 이런 방식으로 배워야 한다고는 절대 생각하지 않는다.

이런 지식 위주의 학습법 때문에 더더욱 "학교가 창의성을 죽이고 있다."라는 켄 로빈슨의 의견에 공감하게 된다. 문제를 해결하려는 노력과 동시에, 문제의식을 갖는 것도 똑같이 중요한 세대에 살고 있다.

물론 지식 습득이 중요하지 않다는 것은 아니다. 반대로 창의성과 혁신은 일련의 지식에 의존하며, 그 지식이 없다면 상상력과 자기표현과 다양한 생각에 필요한 기초가 확립될 수 없다. 모든 것이 그렇듯이 균형을 잘 이루어야 하는데, 교사들은 수능을 위한 수업을 하고 학생들은 수능 시험만 잘 보기 위한 지식 습득에 주력한다면 균형을 제대로 이룰 수 없다. 수능을 마친 학생들이 TV에 나와 "이 하루 시험을 보기 위해 내 모든 시간을 바쳐 준비했습니다."라는 말을 더 이상 하지 않기 바란다.

모든 개혁에는 어떤 계기가 필요하다. 내년에 수능을 보는 50만 학생이 단결해서 수능을 거부하는 시위를 한다면 어떨지 상상해보라. 과격하게 들릴 수도 있지만, 최근 실제로 그런 상황이 벌어졌다. 2020년 1월 칠레에서, 30만 명의 학생이 모여 수능과 유사한 대학 입시제도 철폐를 정부에 촉구하는 시위를 벌였다. 한국 정부와 사회도 교육체제에 필요한 과감한 변화에 대한 요구에 부응할 필요가 있다. 단순한 '임기응변' 식의 개정이나 보완이 아닌 '교육혁명'이 우리에게 절실하다!

"교육은 세상을 바꿀 수 있는
제일 강력한 무기이다."
"Education is the most powerful weapon
which you can use to change the world."

- 넬슨 만델라 (Nelson Mandela)

34

옳은 일을 하는 것과 옳은 방식으로 행하는 것
Doing the Right Thing vs. Doing Things Right

나는 학생들과 교사들에게 다음과 같은 질문을 자주 던진다.

"옳은 일을 하는 것(doing the right thing)과 옳은 방식으로 행동하는 것 (doing things right)의 차이점은 무엇인가?"

얼핏 보면 이 2개는 매우 비슷하게 들릴 것이다. 그러나 조금만 곰곰이 생각해보면 의미가 매우 다르다. 만일 당신이 옳은 일을 해야 할 때와 일을 올바로 해야 할 때 중 하나만 선택해야 하는 어려운 상황에 놓인다면 어떻게 할 것인가?

어떻게 결정을 내리는지에 따라 그 사람의 성격과 책임감 있는 세계시민으로서의 위치가 정해진다. 결정을 내리기 힘든 상황에 직면할 때마다, 나는 '내가 옳은 일을 하고 있는가?'라는 질문을 스스로 한다. 물론 '현상 유지'

(the status quo)를 위해 남들이 하는 대로 하고 단기적으로 생각한다면, 일을 제대로 하는 것이 올바른 결정일지도 모른다. 하지만 만약 더 나은 세상을 위한 변화와 개혁을 원하고, 진정한 코스모폴리탄이 되고 싶다면, 항상 옳은 일을 하기 위해 지나치다 싶을 정도로 행동해야 한다. 앞서 리더십이 어떻게 사람들의 삶을 변화시킬 수 있는지에 대해 언급했듯이 지역사회의 모든 구성원은 지도자가 될 수 있는 능력을 가지고 있고 우리는 모두 변화를 일으킬 만한 가능성을 갖고 있다.

변화를 만드는 주체, 지도자 또는 코스모폴리탄이 되는 것은 자신의 삶의 범위를 넘어 거대할 필요가 없다. 예를 들어 한 사람이 쓰레기를 줄이고, 텀블러를 사용하는 것과 같은 단순한 것일 수도 있다. 나는 몇 년 전부터 커피 매장에 갈 때 텀블러를 가지고 가려고 노력한다.

2018년 스타벅스 회사가 플라스틱 컵과 빨대를 사용하지 않는다고 발표하기 전에, 한국에서 한 해에만 18만 개의 빨대가 사용되었다는 소식을 듣고 충격을 받았다. 텀블러 사용과 같은 작은 일이 옳은 일이라는 것을 아는 것이 중요하며, 그러한 실천은 환경보호 차원에서뿐만 아니라 대부분의 매장에서 가격 할인 혜택도 받을 수 있다. 하지만 아직도 한국의 커피매장에서 텀블러를 사용하는 사람들은 많지 않은 것 같다.

옳은 일을 하는 것은 거창한 것이 아니라 텀블러나 에코백을 사용하는 것과 같은 간단한 일을 포함하며, 아무도 인정해주지 않더라도 옳은 일을 하고 있기에 코스모폴리탄이 되는 것이다.

중대한 결정을 내려야 하는 지도자들에게는 옳은 일을 하도록 안내해줄 나침반이 절대적으로 필요하다. 내가 좋아하는 영화 〈홀랜드 오퍼스(Mr. Holland's Opus)〉에는 다음과 같은 말이 나온다.

"교사는 2가지 직업을 가지고 있다. 아이들에게 지식을 전하라. 하지만 더 중요한 것은 그 지식이 낭비되지 않도록 아이들에게 나침반을 주는 것이다. (A teacher has two jobs; fill young minds with knowledge, yes, but more important, give those minds a compass so that that knowledge doesn't go to waste.)"

나에게 가르침은 학생들에게 메뚜기의 배설물 구조 기능을 외우게 하는 것이 결코 아니다. 학생들의 자연스러운 호기심과 경이로움을 자극하는 것이고, 더 많은 것을 배우고 싶어 하도록 영감을 주는 것이고, 더 나아가서 배운 지식으로 무엇을 하는가에 대해 알려주는 것이다. 각 개인의 성격과 사회적 역할 또한 가르침의 범주에 포함되어야 한다.

고등학교의 책임자로서 나는 힘든 결정을 내려야 할 때가 너무나 많았다. 크리스라는 학생의 예를 들어본다. 크리스는 학교에 무단결석을 자주하고,

수업 시간에 지장을 주고, 싸움을 하는 등 계속해서 문제를 일으켰다. 학교 밖에서는 마약 소지 혐의로 경찰에 체포되기도 했다. 불행히도 미국에서는 청소년들의 마리화나 접근이 용이하고 의료용 마리화나의 합법화가 확산되는 추세로 인해, 마약이 청소년들 사이에서 더 많은 문제를 야기하고 있다. 한국 학교에서 아직까지 마약 문제가 심각하지 않은 것은 정말 다행스러운 일이다.

만약 내가 학교의 모든 규정을 원칙대로 따랐다면, 나는 그에게 여러 번의 정학 처분을 내려야 했고, 어쩌면 일부 동료들의 조언처럼 퇴학을 결정할 수도 있었을 것이다. 그렇게 했다면, 아마 많은 사람들이 학교 정책을 반영해서 일을 제대로 하고 있다고 했을 것이다. 하지만 나는 규정만 철저하게 고수하는 원칙주의가 최선책은 아니라고 생각했다. 크리스에게 어떤 처분을 내려야 하는 입장에서, 나는 학교 정책과 상반되는 결정을 내렸다. 나에게 옳은 일이란 결코 학생을 포기하지 않는 것이기 때문이었다.

교육학에는 'in loco parentis'라는 구절이 있다. 라틴어로 '부모 대신'이라는 뜻이다. 의사들이 면허증을 받을 때 선서를 하는 것과 비슷하게, 교사는 이 원칙을 받아들이고 따라야 한다. 따라서 부모님과 마찬가지로 학생에게 가장 도움이 되는 행동을 하고 결정해야만 한다(Teacher must always act and make decisions in the best interests of the students).

졸업식을 몇 주 앞두고, 크리스가 나를 찾아왔다. 다른 사람들이 자신을 구제불능이라고 여기고 포기했을 때도, 그를 믿어주고 지지해준 것에 대해 감사를 표했다. 크리스는 졸업 후에 미군에 자원입대하기로 결정했고, 청소년기의 실수를 통해 얻은 교훈으로 지금쯤 어디선가 잘 살고 있을 것이라고 믿는다.

"진실된 사람은
아무도 보지 않을 때에도 옳은 일을 행한다."
"Integrity is doing the right thing,
even when no one is watching."

- C. S. 루이스

35

한국, 미국, 영국의 교육방식을 결합하다

The Best of Three Worlds

'The best of both worlds'는 2가지 다른 기회의 혜택을 동시에 누릴 수 있는, 즉 'win-win'의 상황을 설명하는 영어 표현이다. 2011년 제주에 영국국제학교가 설립되었을 때, 가장 먼저 떠오른 생각은 바로 'The best of three worlds'였다. 한국, 영국, 미국 학교의 장점을 잘 결합해서 운영한다면 세계적인 수준의 국제학교가 될 수 있을 것이라는 희망을 품었다.

오바마 전 미국대통령이 한국의 교육 수준을 세계 최고라고 칭찬했던 연설이 떠오른다. 지나친 교육열이 학생들에게 큰 부담을 주고 사회적 문제를 야기하기도 하지만, 이로 인해 한국 학생들의 평균 학업 능력은 세계적인 수준이다. 또한 교직에 대한 높은 선호도는 한국 교육계의 밝은 전망을 보여준다.

한편 런던에 있는 명문 학교 '노스 런던 컬리지에잇 스쿨'을 방문했던 경험

에 비추어보면, 그곳의 학업에 깊이 탐구하는 학생들의 자세와 영감을 불러

일으키는 교사들의 가르침과 학습 분위기는 모든 학교에서 본받아야 할 장

점이다. 영국은 오랜 전통의 기숙사 문화가 정착되어 있어 기숙학교의 학생

관리 시스템(pastoral care)이 잘 이루어지고 있다.

미국 교육 시스템은 다양성과 평등에 기반을 두고, 각 학생의 사회적·

개인적인 성장에 가치를 두고 있다. 2002년부터 시행되는 'No Child Left

Behind'라는 법을 통해 모든 학생에게 균등한 교육의 기회를 제공하고 교

육 격차 해소를 위해 애쓰고 있다. 그러면 이렇게 각기 다른 교육 시스템의

좋은 점만 적용해서 실행하는 게 가능할까?

2011 NLCS Jeju 주니어 스쿨

10년 전 제주국제자유도시개발센터(JDC)에서는 해외 조기유학에 관심이 있는 학생들을 국내에 유치할 수 있는 국제교육도시라고 불리는 세계적인 교육 중심지를 조성하겠다는 거창한 포부를 밝혔다. 은행, 병원, 약국, 우체국 등의 편의시설에서 영어가 통용되면서 싱가포르나 홍콩처럼 '외국인들에게 불편함이 없는' 도시를 구상했다. 동북아시아의 글로벌 교육허브라는 비전을 가지고 '영어 교육 도시(Global Education City)'가 시작되었다.

　당시 모든 교직원은 스스로 선구자(pioneer)라 여길 정도로 열정이 대단했다. 한국계 미국인인 나를 제외한 대부분이 영국계 교사로 구성된 국제학교 설립에 믿기지 않을 만큼 모두 단합했다. 특별하고 야심찬 교육 환경을 조성하고 한국에서 볼 수 없었던 훌륭한 정통 영국의 기숙학교를 설립하고자, 개교 1년 전부터 준비했다. 학교 공부만으로도 충분해서 학원이 필요 없고, 학부모들이 자녀들을 보내고 싶고, 학생들이 스스로 오고 싶어 하는 학교를 꿈꾸면서.

　2011년 학교 시작 당시 영어교육도시에는 아무 시설도 없었다. 학교 앞에 1년 후 편의점이 문을 열자 직원들은 축배를 들면서 기뻐했다.

　초창기 제주국제학교에 자녀를 보낸 많은 학부모들은 강남의 학원 문화를 벗어나고 싶어 했다. 방과 후 가던 학원 대신 잔디밭에서 마음껏 운동경기를 하고 원어민 교사들과 자연스럽게 대화하면서 영어를 배우기 원했다.

'이제 제주국제학교 학부모님들은 강남 최고의 SAT, IB 학원들이 연합하여 제주도에 최초 설립한 □□에서 학업과 생활관리, 컨설팅, 과외활동, 최신 강남권 입시정보까지'

'업계 최고의 교육 + 고급홈스테이 = 진정한 인재양성 서비스를 제공받으십시오.'

그동안 학교가 3개가 더 생기면서, 현재 GEC에는 위와 같은 광고 현수막이 곳곳에 걸려 있다. 아파트, 카페, 학원이 들어서서 서울의 강남을 방불케 한다. 지금 일어나는 현실을 이해하고 받아들이기 어렵다.

물론 이곳에서 생활하는 교사들, 학부모들과 학생들을 위한 주거 및 편의시설은 필요하다. 하지만 학원, 컨설팅과 홈스테이 등은 처음 제주에 국제학교가 설립되었을 때의 구상과는 너무나 거리가 멀다.

'제주에서만 할 수 있는 대학 진학의 지름길.'이란 말도 눈에 띈다. 대학 진학의 '지름길'은 없다. 학교에서 할 수 있는 가장 도전적인 수업을 듣고, 각자에게 의미 있는 교과 외 활동에 참여하고, 학업에 집중한다면, 군이 학원에 다닐 필요가 있을까? 실패와 좌절을 통해 배우기도 하고, 먼 길을 돌아가다가 뜻밖의 보석을 발견하기도 하기에 지름길이 최선은 아니라고 생각한다.

매년 제주국제학교의 우수한 졸업생들이 전 세계의 상위권 대학으로 진학하고 반대로 한두 해 다닌 후에 한국 학교로 돌아가거나 해외로 나가는 학생도 있다. GEC 내 학생 수는 3배 이상 증가했다. 등록 인원만 본다면 큰 성공으로 여길 수 있다. 그러나 GEC의 성공 여부는 4개의 국제학교가 얼마나 많은 학생을 보유하는지가 아니라 얼마나 좋은 '세계 수준'의 교육을 제공하는지에 있다고 본다.

개교 10주년을 맞이하면서 국제학교 관계자들이 모든 학생 및 학부모와 협력해서 긍정적인 변화를 이루어내기 바란다. 외국인 교사들이 2~3년만 일하고 본국으로 돌아가지 않고 오래 머무르고 싶은 곳이 되었으면 좋겠다. 10년 전의 비전이 머지않아 실현되기를 희망한다.

36

내가 꿈꾸는 학교

Imagine... My Dream School

뉴욕 센트럴파크 안에는 비틀즈 멤버인 존 레논(John Lennon)을 추모하며 만든 '스트로베리 필드(Strawberry Field)'라는 곳이 있다. 그가 남긴 명곡 〈이매진(Imagine)〉의 가사처럼 나를 이상주의자라고 말할지 모르겠지만 나는 가끔 '학교'를 이 가사에 대입해서 상상해본다.

- 학생들의 꿈과 야망이 실현되는 곳
- 학생과 교사, 교사들, 교사와 학부모의 친밀한 관계가 있는 곳
- 학업 성과만큼 인성교육이 중요시되는 곳
- 학교가 가정처럼 느껴지는 곳
- 서로 보살펴주고, 창의, 협력, 비판적 사고, 대화, 친밀감, 소속감을 느끼며 실패해도 다시 일어설 수 있는 곳
- 규범 없이도 학생들과 직원들이 '옳은 일'을 하고자 노력하는 곳

- 교사들은 가르치고 싶어 하고 학생들은 배우고자 하는 곳
- 교육과정이 외부에 의해 결정되지 않고, 학생들과 교사들이 모든 분야를 능동적으로 실현하기 위해 만들어가는 곳
- 교육 공간이 친환경적이면서도 따뜻한 곳
- 동기 부여가 자발적으로 솟아나는 곳
- 다양성과 더불어 개개인의 개성이 존중되고 빛나는 곳
- 가르침보다는 배움에 초점을 맞추는 곳
- 개인의 성과뿐만 아니라 단체의 성과도 인정받는 곳
- 최고가 아니어도 괜찮은 곳

존 레논의 노래는 다음과 같이 끝난다.

"당신은 내가 그저 몽상가라 생각하겠지만
나만 꿈꾸는 건 아니에요.
언젠가 당신도 나와 함께하면 좋겠어요.
그리고 결국 세상이 하나 되길 바라요."

"You may say that I'm a dreamer but I'm not the only one.
I hope someday you'll join us and the world will be as one."

스트로베리 필드 뉴욕 센트럴파크

에필로그 : 누가 당신의 이야기를 해줄까?
Epilogue : Who will Tell Your Story?

브로드웨이 역사상 가장 성공적인 쇼 〈해밀턴(Hamilton)〉에 나오는 마지막 노래는 〈누가 당신의 이야기를 해줄까(Who Tells Your Story)?〉이다. 다음은 그 노래에 나오는 일부다.

"당신이 죽고 나면 누가 당신을 기억해줄까?

당신의 불꽃을 누가 지켜줄까?

누가 당신의 이야기를 해줄까?

당신에게 조금이나마 시간이 있다면 이것보다 더 많이 해냈을 텐데.

나에게 주어진 시간이 다 되었을 때, 나는 충분히 해낸 걸까?

그들은 당신의 이야기를 해줄까?

누가 살고, 누가 죽고, 누가 당신의 이야기를 해줄까?"

"And when you're gone, who remembers your name?

Who keeps your flame?

Who tells your story?

You could have done so much more if you only had time.

And when my time is up, have I done enough?

Will they tell your story?

Who lives, who dies, who tells your story?"

최근 시카고에서 그토록 보고 싶어 했던 뮤지컬 〈해밀턴〉을 딸과 보게 되었다. 마지막 장면, 배우들이 이 노래를 부르기 시작할 때 내 삶을 돌아보면서 내가 어떻게 기억될지를 생각하니 가슴이 먹먹했다.

영화 〈매트릭스〉로 일약 스타덤에 오른 키아누 리브스(Keanu Reeves)라는 유명 배우는 한 인터뷰에서 "우리가 죽은 후에 어떤 일이 벌어질까요(What happens after we die)?"라는 질문을 받았다. 대답하기 곤란한 이 질문에 54세의 배우는 단순하지만 심오한 대답을 했다.

"확실한 것은 사랑하는 사람들이 우리를 보고 싶어 할 것이라는 겁니다(I know that the ones who love us will miss us)."

내가 가르쳤던 모든 학생은 나를 기억해줄까? 나는 나를 아는 많은 사람이 "이기동 씨는 학생들을 진심으로 아끼는 선생이었다."라고 말해주기를 희망한다. 내가 이 세상에서 사라져도 나를 그리워하며 나의 이야기를 해주면 좋겠다. 내 비문에는 "아버지, 남편, 아들, 형제, 친구 그리고 '선생님'"이라고 적혀 있기 바란다.

이기동(Keith Kitong Yi)

이메일   yilove2teach@gmail.com

블로그   https://yikeithkitong.blogspot.com

역자의 말 : 유수연

Translator's Note

나는 전문 번역가도 아니고 문학을 전공하지도 않았다. 30년 동안 남편을 가장 가까이에서 지켜본 사람으로서 그의 말을 제일 잘 이해하고 공감하기에 선뜻 번역을 자처했다.

2년 정도 국제학교 통번역사로 근무할 때와는 많이 달랐다. 의미를 전달하는 데서 번역가의 임무가 끝나는 것이 아님을 새삼 깨달았다. 멋있는 표현과 미사여구로 남편의 진솔한 이야기가 더 재미있게 전달될 수도 있겠지만, 가능하면 단순한 한국어로 원문의 의미를 전하는 데 충실했다. 행여 남편의 진의가 왜곡되거나 폄하되지 않기를 바란다.

추천사

Recommendation

몇몇 에세이를 읽으면서 많은 기억들이 떠올랐다. "덥스페리 이~글스" 구호를 외치던 때가 참 좋았다. 이기동 교장은 온화함과 인내심을 갖춘 리더쉽으로 덥스페리 고등학교에 새로운 시대를 열어주었다. 엄밀하고 체계화된 교육을 학생들에게 제공하기 위해 교사들의 전문성을 신뢰했고, 학생들이 학업에 열중할 수 있게 교사들과 협력하면서 학교를 운영했다.

그는 학교정신 설립에도 지대한 공헌을 했다. '코치 맥의 날'은 그의 재직 당시부터 시작되어 현재까지 이어지고 있는 전통적인 연례행사이다. 지금은 스포츠와 문화, 예술 등 팀웍을 다지며 전교생이 참여하고 있다. 이기동 교장은 덥스페리 전 지역사회 선두에서 큰 역할을 했으며 오늘 날까지 소중히 기억되고 있다.

— 마리아 아도나

(덥스페리 이탈리아어 교사/학생회 고문)

The essays you wrote are amazing! It brought back so many memories. I remember it so well! "We are the Dobbs Ferry Yi-gles" It was so much fun. Keith Yi brought a new perspective to Dobbs Ferry school. He led with a mild-mannered and patient disposition. He trusted the professionalism of teachers to provide students with a rigorous and structured education. Keith enjoyed working collaboratively with teachers to ensure students with engaging and thoughtful work. Keith Yi was proud to be a part of a school that had such an enormous devotion to school spirit.

During his time at DFHS, he helped students and teachers launch a tradition, still in place today, that honored a beloved teacher/coach. MAC DAY, honoring Coach MAC is an annual event at DFHS that allows all students to participate in team building activities, such as sports, the arts and so much more. Keith Yi had a large role in spearheading this day that the entire Dobbs Ferry community cherishes each year.

- Maria V. Addona

(IB Italian Language Teacher, Advisor:
Activities Branch of Student Government)

이 책은 "교사의 역할은 무엇인가?"라는 질문에 대한 답에 아주 도움이 되는 좋은 글이다. 꾸밈없는 이야기 형식으로 독자들에게 다가가면서, 더 나은 학습을 위한 적절한 교수법과 소통의 전략을 제시하고 있다. 효과적인 교육을 위한 훌륭한 도구이며 필독서이다. 내 동생의 첫 책의 출간을 축하한다.

- 이기숙

(캘리포니아 주립대 공중 보건위생학 교수)

Great read. This book goes a long way toward answering the question, What is the role of a teacher? In a candid, conversational style, this book guides the reader to choose appropriate teaching and communication strategies to improve student learning. It is a must-have for those seeking an outstanding tool for student success. Congratulations on publishing your first book, my dear brother.

- Jenny

(Professor of Public Health, California State University Northridge)

이기동 교장을 처음 만난 것은 큰아이가 10학년, 작은아이가 5학년이었던 2005년 가을이었다. 뉴욕 허드슨강변의 아름다운 마을, 덥스페리의 고등학교 교장에 그가 부임한 것은 놀라운 사건이었다. 명문교들이 즐비한 뉴욕 웨체스터의 공립고교에서 아시안이 교장으로 부임한 것은 최초의 일이었기 때문이다.

뉴욕 카도조 고등학교의 과학교사였던 1987년, 스승의 날 행사를 처음 만든 그는 코리안클럽을 조직해 한국식 수학여행도 다니는 등 특유의 친화력을 발휘했고 첫 교장직을 유태계와 백인들의 아성인 웨체스터 학군에서 맡으며 덥스페리를 손꼽히는 공립 명문교로 이끌었다. 덥스페리는 〈뉴스위크〉가 매년 5월 발표하는 미 전역 3만2,000개 공립고교 랭킹에서 그가 부임한 다음해 49위에 선정된 것을 시작으로 해마다 100위 안에 들었다. 지금은 유명한 IB(국제 바칼로레아) 프로그램을 일찌감치 도입한 덥스페리가 성공적 결실을 거둔 것에도, 2007년 폭스TV가 학교에서 3시간 동안 아침 생방송을 진행하여 전국적 유명세를 누린 것에도 이기동 교장의 존재가 큰 역할을 했다.

학부모이자 언론인으로서 오랜 세월 지켜본 그는 탁월한 교육행정가였고, 수많은 학생들에게 영감을 안겨주고 동기를 부여한 참 스승이었다. 덥스페리에서 아이들을 학교에 데려다 주던 6년간, 하루도 빠지지 않고 정문에서 학생들을 따뜻하게 맞이하던 모습을 잊을 수 없다. 8년간 교감 교장직을 지낸 월터 패나스 하이스쿨에서는 송별식에서 유일한 한국인인 그를 위해 전

교생이 깜짝 아리랑 합창을 불러주는 감동적인 장면도 연출됐다.

이기동 교장은 11살에 가족과 함께 미국에 이주한 1.5세 출신으로, 제주의 영국계 초등학교 교장에 이르기까지 한국과 미국, 영국 교육을 두루 체험한 보기 드문 국제 교육전문가이다. 50년이 넘는 교육인생의 삶과 철학, 정보와 이야기가 담긴 『나는 미래를 꿈꾸며 가르친다』가 기대되는 이유다.

- 로창현

(글로벌웹진 NEWSROH 대표, 텁스페리 고등학교 학부모)

고등학교를 졸업하고 30년이 넘은 지금에도 부족한 저를 항상 챙겨주시고 조언을 해주시는 선생님의 따뜻하고 순수한 교육에 대한 열정이 책 한 장 한 장에서 느껴집니다. 예전에 들려주시던 선생님의 젊은 시절의 목표들을 차곡차곡 현실로 만들어오신 과정을 이렇게 접하면서 저 자신이 걸어 온 길을 되살펴 보게 됩니다.

입시 위주의 각박한 교육 환경 속에서 '쌤'으로 대체 되어버린 '스승'이라는 단어에 대한 의미를 다시 생각하게 하는 이 책은 교육이라는 영역에 관심 있는 모든 분들께 꼭 필요한 책이라고 생각합니다.

- 송상현

(카도조 고등학교, 하버드대학교 졸업, KTB 프라이빗 에퀴티 대표이사)

"이룰 수 없는 꿈을 꾸고

이루어질 수 없는 사랑을 하고

이길 수 없는 적과 싸우고

견딜 수 없는 고통을 견디며

잡을 수 없는 저 하늘의 별을 잡자."

– 세르반테스, 『돈키호테』에서

"Dream Big" 기금 모금

"Dream Big" Fundraiser

『나는 미래를 꿈꾸며 가르친다』 책의 수익금 전액은 한국과 미국의 저소
득층 학생들의 교육지원에 쓰일 예정입니다. 학생들의 큰 꿈을 위해 후원을
원하시면 다음 두 가지 방법을 이용해 주시기 바랍니다. 외국에 계신 분들
은 페이팔 링크로 금액을 적고 기부해주시면 됩니다. 감사합니다.

All the proceeds from the book, "I Touch the Future, I Teach" will go
towards supporting low-income students in Korea and the U.S. If you
would like to help students to Dream Big, please use the following two
methods to contribute. If you are abroad, you can use the above Paypal
link to donate.

예금주	YI KEITH KITONG (Dream Big Fund)
계좌번호	농협 302-1452-4821-11
페이팔	http://www.paypal.me/yilove2teach